www.tredition.de

AF177387

Die Liebe ist eine mysteriöse, unglaublich starke aber auch verletzliche Kraft, welche Menschen zusammenbringt, solange sie nicht in Hass umschwingt.

www.simonsprock.com

SIMON SPROCK

***

SCHMITTS INTERMEZZO

Ein romantischer Thriller der
Welten bewegt

www.tredition.de

© 2020 Simon Sprock

1. Auflage

Umschlagbild: © studioculo (Adobe Stock)

Unterstützung in der Vermarktung:
Sprock Ventures UG (haftungsbeschränkt)

Verlag und Druck: tredition GmbH, Halenreie 40-44, 22359 Hamburg

ISBN
Paperback: 978-3-347-01396-4
Hardcover: 978-3-347-01397-1
e-Book: 978-3-347-01398-8

Inhaltsverzeichnis

Vorwort

In der Geschichte der Menschheit gibt es einige Handlungen und Ereignisse, die sich ständig wiederholen. Die Rede ist hierbei nicht vom Trend der Mode, bei dem unter dem Begriff „Retro" alte Trends immer mal wieder neu belebt werden. Diese melancholische Verbindung zur Vergangenheit ist lediglich das Wiederbeleben vergangener Tugenden. Viel nachtragender, wirkungsvoller und mit drastischen Konsequenzen ist etwas anderes.

Der Mensch sieht sich allgemein als ein intelligentes Wesen. Er versteht sich als Lebewesen, welches sich rasant weiterentwickelt und auf die Erfahrungen der Vergangenheit aufbaut. Aus der Sicht vieler Menschen wiederholt er die eigenen Fehler nur selten. Wenn ein Kind eine heiße Herdplatte anfasst und sich verbrennt, lernt es daraus und wird es freiwillig wohl nicht wiederholen.

Wie sieht es aber aus, wenn nicht er, sondern seine Vorfahren den Fehler gemacht haben? Was würde passieren, wenn Menschen schlechte Erinnerungen von Natur aus über Jahrzehnte hinweg vergessen – ja, sogar verdrängen – und sich nur an das erinnern, was ihnen Freude bereitete? Diese Erinnerungen werden dann an neue Generationen weitergegeben. Kannst du dir vorstellen, wie es ausginge, wenn aktuelle internationale Parallelen aus anderen Ländern dann auch noch ausgeblendet werden würden?

Dieser Mechanismus führt dazu, dass über Generationen hinweg schwere Zeiten wiederholt werden. Fremdenhass, Hungersnot, Mangel an Medikamenten und noch mehr, sind auch heute die Realität in einigen Ländern auf dem Planeten Erde. Teilweise sind sie die real vorkommende Konsequenz menschlichen Handelns. Dennoch werden immer mehr Menschen in radikale Sichtweisen (links wie rechts) getrieben. Ihnen wird verkauft, das aktuelle Politiker es besser machen können und werden.

Bewiesen wurde dies noch in keinem Land. Je radikaler die Umsetzung, desto schwerwiegender sind die Konsequenzen. Des Weiteren führt der Trieb der Erhaltung der eigenen Macht dann dazu, die Opposition kleinzuhalten. Die eigene Zielgruppe wird stark gefördert. Diese natürlichen, rein menschlichen Zusammenhänge, Verhaltensweisen und Konsequenzen können neben dem Klimawandel zum Abgrund der Menschheit, sogar dem Ende des ganzen Lebens auf diesem Planeten Erde führen.

Dieser Roman erzählt die fiktive Geschichte des Wandels einer Gesellschaft, die den Kreislauf wieder schließt. Sie beschreibt die Geschichte sich wiederholender Dramen und Systematiken auf Basis des menschlichen Wesens. Mit diesem Buch will ich dich in eine theoretisch mögliche Geschichte entführen, auf der diese Ansätze ins Extrem geführt werden. Die Erzählung startet in Berlin im Sommer 2022. Fortan zieht sie auch internationale spannende und mitreißende Kreise in Europa und der ganzen Welt. Selbstverständlich wird auch die Liebe eine wichtige Rolle spielen. Schließlich ist die Liebe oder Nächstenliebe ein wichtiger Bestandteil im Miteinander der Menschheit. Sie ist in der Regel konstruktiv und das was uns zusammenhält.

Der Protagonist ist ein junger Arbeitnehmer, der sich jedoch nicht mit dem abfindet, was um ihn herum passiert. Er erkennt Kreisläufe und steht schon bald vor der Wahl: Kämpfen oder fliehen? Versucht er nur sein engstes Umfeld oder auch das ganze Land zu retten? Hat er überhaupt eine Chance?

Gegen Ende des Buches stößt auch der Protagonist aus den ersten zwei Romanen dieser Reihe – Agent Pfeiffer – wieder hinzu.

Lass dich mitreißen! Dieser Roman aus der Reihe „Rote Fahnen im Wind" soll dich als Leser dazu anreizen, über aktuelle Geschehnisse nachzudenken. Welche Konsequenzen könnten sich hieraus für dich, deine Kinder, Familie und Freunde, dein Umfeld oder dein Land ergeben? Wirst auch du zum Verfechter der Offenheit zwischen Menschen, Fortschritt, Innovation, dem Sozialwesen und der Wirtschaft? Oder teilst du eine andere Meinung?

Die Aufnahme

Aus einer Schublade im Wohnzimmer grabe ich einen Stimmrekorder, den ich schon seit Jahren nicht mehr verwendet habe. Heutzutage nutze ich mein Handy, wenn ich etwas aufnehmen will, oder ich schreibe eine Notiz in mein Handy. Was aber befindet sich auf diesem mysteriösen Rekorder? Irgendwie interessiert es mich schon, was ich damals aufgenommen habe. Vielleicht ist ja etwas Nützliches dabei, oder einfach nur eine Zeitverschwendung.

Vergeblich versuche ich, ihn einzuschalten, es tut sich aber nichts. Die Batterien sind wohl leer. Einen USB-Ladeanschluss gibt es nicht. Also suche ich nach neuen Batterien, öffne das Gehäuse und wechsle die Batterien aus. Da ist, es, ein Lebenszeichen. Der Stimmrekorder funktioniert noch. Auf dem Display erscheint eine große „01" und ein paar weitere kleinere Zeichen.

Ich befinde mich hier allein in meiner kleinen Wohnung in Berlin Kreuzberg. Draußen scheint die Sonne, es ist ein lieblicher Tag. Wenn ich leise bin, höre ich die Vögel zwitschern. Durch das Fenster sehe ich einen kleinen, aber feinen grünen Innenhof. Bäume halten hier ihre Stellung. Sie beschützen einen kleinen Spielplatz in der Mitte. Es ist also eigentlich ein schöner Ort, wenn ich nicht so allein wäre.

Trotz der Tatsache, dass ich mich die meiste Zeit mit mir selbst unterhalte, hier am Samstagnachmittag, will ich dennoch wissen, was sich auf diesem Stimmrekorder befindet, auch wenn ich Gefahr laufe, nur meine eigene Stimme zu hören, als ob ich davon nicht bereits genug hätte. Wenigstens werde ich heute Abend drei Freunde treffen, mit denen ich ausgehe, aus mich raus gehe und feiern werde. Das ist das wohl Beste, was man hier in Berlin machen kann. Zumindest war es früher so. Die letzten Monate war ich immer beruflich unterwegs, selbst am Wochenende. Jetzt kann ich mich endlich wieder auf Berlin konzentrieren.

Also nehme ich den kleinen weißen Rekorder in meiner Hand und wische etwas Staub zur Seite. Entschlossen drücke ich schließlich den Knopf zum Abspielen.

Die Stimme einer Frau höheren Alters ertönt. Sie hört sich an wie um die 50 Jahre. „genau, zum Aufnehmen legst du das Aufnahmegerät am besten hier hin. Dann solltest du mich am besten verstehen. Also sag mir, weshalb bist du hier?"

Hieraufhin höre ich meine junge Stimme antworten. Zugegebenermaßen klinge ich nicht nur jung, sondern auch schüchtern und stark verunsichert. Kaum zu glauben wie unsicher und geplagt von Selbstzweifeln ich damals war, oder bin ich es noch? Mein jüngeres Ich sagt recht leise, „nunja, eine Freundin hat Sie empfohlen. Ich würde gerne wissen, ob sie mir helfen können, mich,…, ja, dass ich mich freier fühle."

Dem folgt die Antwort der Frau, die jetzt noch selbstsicherer wirkt, als ob meine damalige Schwäche sie bestärkt. „Ok, Steffen, ich verstehe was du meinst. Ich hoffe, es ist ok, wenn wir uns duzen? Von der anderen Seite habe ich auch bereits tiefgehende Informationen erhalten."

Scheinbar habe ich genickt, aber was für eine andere Seite, frage ich mich und was ist das für eine Person? Wieso erinnere ich mich nicht daran?

Sie fährt fort, „Mit diesen Informationen musst du arbeiten, um dich selbst dorthin zu entwickeln, wo du hinwillst. Lass mich jetzt mal kurz mit der anderen Seite kommunizieren."

Es herrscht eine Stille von wenigen Sekunden. Lediglich das Rauschen des Stimmrekorders ist neben dem Zwitschern der Vögel draußen zu hören. Wenn ich mich nicht irre, höre ich im Rauschen auch noch etwas anderes. Was ist das? Sind das Stimmen von der anderen Seite? Hat sie vielleicht einen Kopfhörer, über den sie Informationen erhält? Oder bilde ich mir das nur ein? Sind vielleicht alte Aufnahmen auf dem Gerät nicht komplett gelöscht?

Die Aufnahme fährt fort mit der Stimme der Frau, „Ok, ich kriege zwei, Moment, nein, drei Geschichten aus deinen vorherigen Leben, die deine Seele über Reinkarnationen hinweg beeinträchtigen. Bist du bereit?"

Eine Erinnerung kommt wieder. Stimmt, ich glaube, ich war damals zum Spaß und aus Neugier bei einem Medium, einer Person, die sich wohl mit einer anderen Seite, dem Reich der Toten, dem Himmel oder was auch immer da sein mag unterhalten kann. Zumindest gibt sie das vor.

Nach wenigen Sekunden setzt die Frau fort. „Steffen ich sehe ganz deutlich eine Geschichte, die dir vor einigen Generationen widerfahren ist. Sie ist der Grund dafür, weshalb dir heute der Mut fehlt, warum es dir schwerfällt, für dich einzustehen. Das ist energetisch eine große Herausforderung für dich. Die Inkanation, die ich wahrnehme, in der bist du ein Befehlsgeber. Du bist ein Kommandant oder Offizier, jemand der andere anführt. Die Uniform sieht alt aus. Das muss wohl zu Zeiten des dreißigjährigen Krieges gewesen sein. Ich erkenne aber nicht genau, wann. Du führst ein Heer an, eine Armee. Du warst mutig. Du hast Leute motiviert, nicht nur über die Tat, auch über das Wort. Deine Reden sind so ergreifend und mitreißend, du motivierst jeden einzelnen. Deine Ansprachen gehen unter die Haut. Selbst Zweifler und einige Kriegsgegner motivierst du dazu, mit dir in den Krieg zu ziehen. Mit deinem Talent hast du Leute aus der Lethargie herausgeholt. Zusammen geht ihr dann an die Front. Du wirkst sehr enthusiastisch und motivierst alle mit. Dein Bataillon hängt an deinen Lippen und an deinen Augen. Zusammen kämpft ihr. Jeder einzelne ist bis in die Fingerspitzen motiviert. Und du hast jeden in den Tot geführt. Keiner kehrt lebendig zurück. Als letzter stirbst auch du. Durch den Mut und die Energie aus deinem vorherigen Leben bist du und sind deine Kameraden gestorben. Dieses Ereignis hat dich so stark emotional geprägt, dass es dich selbst heute noch unsicher macht. Deine Seele erinnert sich an das passierte. Das Ereignis hat dein Seelenbewusstsein entsprechend konditioniert. So wird das genannt. Das Ereignis ist wie eine Narbe in deiner Seele. Sie hat sich gemerkt, dass wenn ich mutig bin, dann komme ich zu Schaden. Du nimmst das ja alles auf. Ich werde dir später ein Buch aufschreiben, mit dessen Hilfe du Wunden aus vergangenen Leben heilen kannst. Mit dem Buch kannst du eine Ablösung der Seele von vergangenen Inkanationen durchführen. Bist du bereit für die nächste Seelengeschichte?"

Nette Geschichte, aber ich glaube, das hätte ich mir auch einfallen lassen können. Ich meine, selbst in meiner Stimme erkenne ich alles, was notwendig ist, um darauf schließen zu können, dass ich unsicher bin. Dann packe ich verschiedene Eigenschaften in passende Bilder, et voila, so einfach kann es sein. Dennoch will ich schon noch die anderen Geschichten hören. Das ist ja doch schon interessant, irgendwie.

Nachdem mein jüngeres Ich kurz und unsicher mit „ok" bestätigt hat, fährt das Medium fort, „also gut, dann sehe ich Bilder von einer weiteren Inkanation. Das ist eine Suffragette, weißt du was das ist?"

„Nein," flüstere ich recht leise und verunsichert.

„Das sind Damen, die damals in England und den USA gelebt und sich für Frauenrechte eingesetzt haben," fährt die Frau fort. „Die haben sich in Veranstaltungen eingemischt, demonstriert oder auch Hungerstreiks gemacht, um vor allem für die Rechte der Frauen, sowie auch das Wahlrecht für Frauen zu kämpfen. Das war im vorletzten Jahrhundert und du warst auch so eine Dame. Du warst damals öfter im Hyde-Park und hast öffentlich geredet. Du konntest über alles reden, hattest keine Angst. Es fiel dir leicht und du hast auch dahintergestanden. Du hast Bewusstsein und Wissen von den Dingen gehabt und konntest es auch gut rüberbringen. Du hast dahintergestanden und auch wiederum Frauen motiviert. Wegen dieser Energie in deinem Hals und der Redegewandtheit wurdest du dann auch umgebracht. Das heißt, man hat dich erstochen und auch die Kehle aufgeschlitzt. Durch deine Reden hast du natürlich auch Ehefrauen motiviert und aufgebracht. Diese haben sich dann weniger von ihren Ehemännern gefallen lassen. Das hat den Ehemännern nicht gepasst. Ich sehe, die Männer haben ihre Frauen zunehmend überwachen lassen. Sie sind ihnen gefolgt und hat dabei auch dich wahrgenommen, wie du dastehst. Kräftig und selbstbewusst haust du deine Reden raus. Die Frauen hängen an jedem Wort von dir. Das wurde berichtet und ein Ehemann hat einen Killer angeheuert. Du wurdest erstochen, in der Halsregion. Auf Basis dieser Seelennarbe fällt es dir noch heute manchmal schwer, dich mit Fremden zu unterhalten oder in Gruppen zu kommunizieren. Sie hat dich sehr geprägt."

Sie macht eine kurze Pause. Ich höre ein Schlürfen, vermutlich ein Tee, gefolgt von einem Schlucken. Dann erklärt sie weiter: „Mach es dir gemütlich, so kann ich am besten in deine Seele schauen."

Nach einer weiteren kurzen Pause erzählt das Medium, „ja, jetzt sehe ich es besser. Da nehme ich in der Inkanation einen jungen Mann wahr. Vielleicht ist der 14 oder 15. Dieser junge Mann ist der Sohn eines Politikers. Ich nehme da viele rote Farben in der Kleidung wahr. Dieser junge Mann hat Mut und will raus in die Welt. Er widerspricht sogar den politischen Ansichten seines Vaters. Der junge Mann will Freiheit und will raus, aber der Vater lässt ihn nicht. Er hält seinen Sohn gefangen, in einem dunklen Keller, ohne Fenster. Ich nehme wahr, wie der junge Mann, wie du in einem früheren Leben von deinem Vater kleingeschlagen wurdest. Du hast permanent Prügel bekommen und wurdest beschimpft. Du warst intelligent und mutig. Dieses Selbstvertrauen wurde vom Vater so aber zerstört. Deine Selbstwertigkeit wurde vernichtet. All diese Werte hast du in deine jetzige Inkanation mitgenommen. Mit Hilfe dieses Buches, welches ich dir aufschreibe, kannst du dich von diesen Inkanationen befreien. Das kannst du, das schaffst du."

Erneut legt sie eine längere Pause ein. Wieder höre ich nur das Rauschen des Stimmrekorders. Schließlich ergänzt das Medium, „was willst du noch wissen? Wie kann ich dir noch helfen?"

Im Folgenden höre ich meine junge und schüchterne Stimme antworten, „Nunja, werde ich jemals jemanden finden, der auch mich liebt?"

„Steffen," fängt das Medium an, „ich höre vom Himmel, dass es für dich noch lange nicht Zeit dafür ist. Gehe erst einmal raus ins Leben, gehe raus und habe Spaß. Genieße dein Leben. Treffe Frauen, lache, auch mal über dich. In dir erkenne ich eine starke Ernsthaftigkeit, die dich einsam fühlen lässt. Ein Teil von dir sehnt sich nach einer Beziehung, während sich ein anderer Teil noch auf Spaß, Party und Flirten fokussiert. Du bist gerade mal 26, bist noch jung. Es ist besser, wenn du erst einmal hinaus gehst und dein Leben lebst, es genießt, bevor du deine Ernsthaftigkeit erfüllst. Ansonsten würdest du dich später danach sehnen. In einer Beziehung wärst du nur mit halben Herzen dabei."

Wieder kommt eine längere Pause, bevor sie sagt, „mir wird gerade etwas mitgeteilt. Ich soll dir sagen, dass du dein Leben jetzt genießen sollst mach das Beste aus dem Hier und Jetzt. Lerne dich selbst zu lieben bevor du dich an jemand anderem bindest. Du wirst bald auch zurück an einen Ort gehen, indem du früher schon gelebt hast. In Berlin ist das, glaube ich. Wenn es Zeit wird, wirst du jemanden treffen. Jemand wird von weiter weg in dein Leben stoßen. Du wirst gefunden, wenn du dich jetzt lebst. Mit ihr wirst du glücklich werden. Du wirst das auch wissen. Sie wird zu dir kommen. Dann wirst du bereit sein, wenn du dein Leben jetzt genießt."

Auf einmal spricht sie weiter, als sei sie in einem Zustand der Trance, „Dann bekomme ich noch eine andere stärkere Energie."

Sie pausiert und führt in energetischerer Stimme etwas lauter fort, „Wenn diese Person in dein Leben getreten ist, die richtige Person an deiner Seite ist, wird sich dein Umfeld ändern. Es wird problematischer, politisch bedingt glaube ich. Große Herausforderungen werden auf dich, auf euch zukommen. Du wirst vor einer Wahl stehen, Kämpfen oder fliehen. Es wird das Beste für dich, für euch sein, wenn ihr dann das Land verlässt. Diese Frau an deiner Seite wird eine Verbindung zu einem Ausweg für dich sein, zugleich aber auch eine Motivation zum Kampf. Im Ausland könnt ihr euch darauf am besten vorbereiten. Ihr dürft nicht voreilig handeln."

Erneut setzt eine Pause ein, bevor sie hörbar geschwächt weiterspricht, „Steffen, so etwas habe ich noch nie erlebt. Ich habe noch nie eine Eingebung aus der Zukunft erhalten und keine so starke Energie gespürt. Ich glaube, du wirst von irgendwo ganz besonders geliebt. Tu dir aber bitte zunächst den Gefallen und genieße dein Leben."

Die Aufzeichnung endet. Wow, war es das? Was ist da passiert? Gelebt habe ich die letzten Jahre, war feiern und habe geflirtet. Inzwischen bin 33 Jahre alt und bin immer noch Single. Manchmal bringt es mich zum Verzweifeln. Hier in Berlin ist die Ernsthaftigkeit scheinbar klein geschrieben, zumindest in den Kreisen, in denen ich mich begebe. Feiern ja, Spaß immer, aber jemanden fürs Leben finden? Nunja, vielleicht wird ja wirklich irgendjemand Besonderes in mein Leben stoßen. Bis dahin werde ich es weiter genießen. Heute Abend geht es erst einmal feiern, mich selbst wieder einmal hochleben.

Wellen der Emotionen

Am Abend gehe ich auf dem Weg zu Peter noch kurz beim Supermarkt in der Bergmannstraße vorbei. Das Wetter ist wunderschön draußen, jetzt um 21:00. Die Sonne wird bald untergehen. Es weht ein angenehmer Wind durch die Straßen, bei gefühlt nur noch etwa 24 Grad. Von unten versprühen die Pflastersteine und der Asphalt der Straßen noch etwas Hitze des Tages in die Nacht. Ich mag das Wetter und habe das Gefühl, dass heute Abend ein genialer Abend mit meinen Jungs wird. Die habe ich leider seit längerem schon nicht mehr gesehen.

In der Bergmannstraße fällt mir immer wieder die Veränderung der letzten Jahre auf. Vielleicht aber auch nur, weil ich die letzten Wochen geschäftlich unterwegs war. Teilweise wirken sie wirklich skurril auf mich. Die Inseln mit Sitzbänken am Straßenrand sorgen für mehr Leben in der Straße. Die Leute setzen sich, entspannen sich. Sie unterhalten sich miteinander, manchmal sogar wildfremde. Autos dürfen hier nur noch langsam fahren, wäre sonst wohl ein wenig erschreckend, für die Personen, die direkt an der Straße sitzen.

Nicht nur langsam, auch Slalom heißt inzwischen der Kurs. Die Straße wurde abschnittsweise verengt. Bäume und Grünfläche wurden geschaffen.

Seltsam hingegen sind die Streckenabschnitte mit großen Hinkelsteinen auf der Straße oder die gerade neu aufgefrischte neongelbe Straßenmarkierung mit Punkten verschiedener Größe. Diese waren für einige Zeit verschwunden. Jetzt sind sie wieder da.

Das Leben hier in der Bergmannstraße ist geselliger geworden. Die Bars sind voller, mehr und öfter gibt es betrunkene Leute. Mehr Personen trinken auf der Straße.

Beim Überqueren des Zebrastreifens, der in der Abendsonne wieder in Neon Gelb in meinen Augen beißt, stoppen die Autos, Radfahrer aber wie so häufig nicht. Von der Gegenseite traut sich jemand auf die Straße. Ein Radfahrer klingelt und flucht. Stimmt, wenn die Änderungen hier etwas bewirkt haben, dann ist es eine Radikalisierung der Radfahrer. Die können sich hier so gut wie alles erlauben. Die Politik in Berlin schaut gerne weg, sogar wenn linksradikale wieder einmal Autos oder Geschäfte anzünden.

Wie dem auch sei, ändern kann ich daran nichts. Das Volk hat gewählt und dies ist scheinbar, was die Mehrheit hier will. Heute geht es darum, zu leben, wie mir das Medium in der Aufnahme von früher ans Herz gelegt hat.

Nach kurzem Warten erbarmt sich ein Radfahrer und hält an. Ich bedanke mich und gehe schnell rüber. Im Supermarkt schnappe ich mir noch schnell ein eiskaltes Mate-Getränk und verschwinde in die U-Bahn.

Bei Peter angekommen klingle ich und gehe rauf in den fünften Stock. Einen Aufzug gibt es hier nicht. Johannes und Martin sind bereits da. Wir sitzen im Wohnzimmer und quatschen, tauschen uns aus, was es so Neues gibt. Viel Interessantes ist nicht dabei. Johannes wohnt jetzt wohl in einem der Gebäude, die vor wenigen Jahren von der Stadt aufgekauft wurden. Diese sind günstiger, aber er beschwert sich auch über den Zustand des Gebäudes an sich. Die Fassaden beginnen zu bröckeln. Der Fahrstuhl fällt häufiger mal aus. Es scheint als hat sich die Stadt neue BER-ähnlich Projekte an Land gezogen, selbstkreiertes Chaos.

Martin hingegen wirkt glücklicher. Er konnte sich eines der wenigen freigegebenen Bauplätze sichern und nach einem halben Jahr hat er sogar eine Baugenehmigung erhalten. In der kommenden Woche beginnt der Bau. Wird ja auch Zeit, denn seine Frau Sarah ist bereits im achten Monat schwanger. Dies ist wohl einer seiner letzten Abende mit uns draußen. Bald wird jemand Neues das Licht der Welt erblicken, der oder die dann seine volle Aufmerksamkeit verdient.

Nach wenigen Stunden spannenden Austauschs sowie dem einen oder anderen Bier machen wir uns schließlich auf den Weg in den Club „Zur Geilen Helga". Dieser Club ist ein einem ehemaligen mehrstöckigen und verlassenen Wohngebäude in einem von der Industrie geprägten Viertel. Der Club beginnt im fantasievoll gestalteten Innenhof und führt von dort in zwei teilweise abenteuerliche Stockwerke des vierstöckigen Gebäudes.

Bereits etwas angetrunken stehen wir in der Schlange. Es scheint wieder voll zu sein. Nicht jeder wird in den Club gelassen. Personen die zu betrunken sind oder sich zu spießig darstellen werden erfahrungsgemäß eiskalt abgewiesen. Manchmal kommen auch wir nicht in den Club. Gerade wenn wir ohne weibliche Begleitung ausgehen.

Neben den Securities gibt heute wieder Emma den Ton an. Sie kenne ich bisher nur vom Einlass, aber sie mag mich. Wenn wir zu zweit unterwegs sind, kommen wir immer rein, es sei denn, sie hat Anweisung, fast jeden rein zu lassen. Dann warnt sie mich. „Salami-Party" nennt sie das dann. Dann weiß ich, wir sollten woanders hin.

Vor uns ist das übliche Spiel. Personen werden abgewiesen, andere nicht. Hin und wieder geht sogar eine Frau rein und verabschiedet sich von der Begleitung. Diese schaut dann fragend und verdutzt aus der Wäsche.

Etwa 15 Minuten später sind dann auch wir vorne. Emma lässt uns warten, geht zurück und unterhält sich mit einem der Türsteher. Wieder beginnen Augenblicke des Zitterns: Lässt sie uns rein oder waren der Weg und das Warten um sonst?

Der Türsteher schaut zu uns und schüttelt den Kopf. Hat das etwas zu bedeuten? Wieder dieses in

Berlin so häufige psychologische Kriegsspiel am Einlass. Sicher hätten wir in einen Club gehen können, in dem der Einlass einfacher ist, aber da fehlt dann oft die Magie.

Nach wenigen Minuten kommt Emma wieder zurück und sagt, „hallo, wie geht es euch?"

Diese typische Frage, um zu testen, ob wir zu betrunken oder anderweitig vernebelt sind.

Nicht ganz synchron, aber dennoch stabil antworten wir, „gut, gut."

Sie lächelt und sagt, „ok, leider kann ich nur zwei von euch reinlassen, wer geht?"

Ich schaue fragend in die Runde. Peter antwortet, „Jungs, also ich glaube, entweder alle oder keiner, was meint ihr?"

„Ja, sehe ich auch so," unterstützt ihn Martin. Johannes und ich nicken.

Langsam und mit gesenktem Haupt verlassen wir langsam die Warteschlange.

Dieses Mal schaut auch Emma ein wenig traurig. Sie ist ein bisschen kräftiger gebaut und gibt sich immer fröhlich und freundlich, aber hart. Kommst du ihr doof, dann kommt sie dir doof. Sie ist eine echte Berliner Schnauze, glaube ich. Widerworte bringen in der Regel nichts, außer vielleicht mal ein angedrohtes

Hausverbot. Dazu musst du aber schon aggressiv werden. Im Grunde ist sie hart, aber fair. Leider hat es für uns heute scheinbar nicht funktioniert.

Bereits einige Meter weiter und nachdem sie gerade eine kleinere gemischte Gruppe reingelassen hat, kommt sie auf mich zu, und tönt laut, „warte mal, hey, dich habe ich ja fast gar nicht erkannt, wieso sagst du denn nichts? Du und ach was, ihr seid doch Stammgäste. Natürlich kommt ihr alle rein."

Etwas überrascht schauen wir Jungs uns an, bevor sie uns reinschiebt und sich den nächsten Wartenden widmet. Bei jedem von uns erkenne ich ein Lächeln. An der Kasse zahlen wir den Eintritt und wir begeben uns ins Getümmel.

Im Innenhof sitzen auf Bänken und in Hängematten bereits viele Gäste. Viele rauchen. Dem Duft hier zu folge dürften da auch wieder einige Joints dabei sein. An Tischen erkenne ich Person am Koksen. Das typische Einlassbild hier im Club wird sich wohl nie ändern. Scheinbar interessiert es auch nicht die Behörden und Polizei was hier passiert. Die Konsumierten Mengen an Drogen sind noch zu gering. Sie gehen primär an die dicken Fische. Früher war mir das auch egal. Sollen die mit ihrem Leben doch machen was sie wollen, aber dennoch finde ich das jetzt irgendwie abartig.

Peter besorgt uns etwas zu trinken, wahrscheinlich wieder ein Mate-Getränk mit Vodka. Mit zwei oder drei davon wird mir das dann auch wieder egal sein und ich werde im Elektro-Beat tanzen und meditieren, vielleicht mal wieder jemanden kennenlernen, für die Nacht. Viel mehr wollen die meisten Frauen in Berlin die ausgehen oftmals eh nicht. So ist Berlin, die Stadt der Wilden und Freien, Radfahrer und Entrepreneure, Ökos, Hipsters und sozialistisch Geprägten. Aber was kann ich tun?

Hier bin ich und hier lebe ich. Ohne Berlin bin ich nichts, selbst mit all den dreckigen Straßen, Drogen, Verrückten und pöbelnden Leuten. Nichts im Leben ist konstant und für immer perfekt. Perfekt erscheinen vielleicht Momente, aber diese verfliegen in Windeseile. Ich liebe Berlin halt mit all seinen Eigenarten und Tücken.

Nach dem ersten Drink begeben wir uns ins Getümmel. Wir betreten das Gebäude mit seinen Tanzflächen. Während im Erdgeschoss teilweise auch noch Hip-Hop und Dance mit Gesang gespielt werden, regieren auf den zwei Tanzflächen im ersten Obergeschoss die puren Klänge eines exzessiven Elektro-Beats mit seinen künstlichen oder natürlichen Melodiegebern. Im zweiten Obergeschoss spielt elektronische Chillout Music mit Betten und Couches.

Der gesamte Club unterteilt sich in viele verschiedene kleine und große Räume. Wie in einem ehemaligen Wohnhaus ist die Einrichtung an Wänden und Decken bestimmt. Die Wände haben allerdings mehr Farben als das klassische Weiß einer Raufasertapete. Sie erinnert eher an Blumentapeten aus der Zeit vor der Wende. Die Beleuchtung ist auch speziell. Natürlich ist sie genau wie der Fußboden auf den Club eingestellt. Die Lichter bewegen sich und blitzen im Takt der dominierenden Bässe. Teilweise füllt Rauch von Nebelmaschinen die Luft oder es wird Konfetti in den Raum geschossen. All dies unterstützt das ausgelassene und freie Feiern. Das Publikum nutzt die Chance, sich hier von seinen Fesseln zu lösen. Musikalisch unterstützt dies der DJ teilweise sogar damit, den Beat, um live Saxofon-Einlagen zu ergänzen, den Moment zu perfektionieren. Bars für Getränke gibt es auf jeder Etage.

Im Handumdrehen erfasst mich der Beat und bewegt mich dazu, zu tanzen, mich im Takt zu bewegen. Die Tanzfläche, auf der wir sind, ist voll. Viele der Gäste geben sich bereits voll der Musik hin, die sie teilweise anzubeten scheinen. Entweder genießen sie wie ich die Musik und sind durch den Alkohol entfesselt oder sie greifen sogar zu härteren Drogen. Man weiß es hier nie so genau,

Unsere Gruppe wird auf der Tanzfläche schnell auseinandergetrieben. Während Peter sich schon mit jemandem unterhält den er kennt oder vielleicht noch nicht, bewegen sich Martin und Johannes – oder Jojo wie wir ihn nennen – eher wieder in Richtung Bar. Ich gebe mich und meinen Körper voll den Klängen des DJs hin.

Bum, bum, bum, nehme ich wahr, zusammen mit einigen Nebeneffekten und der mitreißenden Melodie eines Saxofons. Die Musik hat mich in seinen Bann gezogen. Plötzlich spüre ich jemanden von der Seite meine Hand nehmen. Ich schaue zur Seite. Wer ist das?

Neben mir steht eine wunderschöne junge Frau, die ich definitiv noch nicht kenne, denke ich.

Sie dreht sich vor mich, hält noch immer meine Hand und lächelt. Ihre langen schwarzen Haare sind halbwegs nach oben gebunden. Ihre Schultern sind frei vom weißen Topp, welches Ihren Oberkörper bedeckt. In ihren dunkelbraunen Augen spiegelt sich das weiße Blitzlicht zeitweise wider. Ihre Haut ist dunkelbraun und schimmert etwas mit den wechselnden Farben, dem Spiel des Lichts. Ihre Lippen sind voll und wunderschön.

Wir kommen uns näher und tanzen einfach nur. Wir sprechen kein Wort miteinander. Für Minuten, vielleicht eine halbe Stunde genießen wir einfach die Musik und unsere Körper, die sich im Takt der Musik bewegen, sich einander annähern.

In der Sommerhitze der Nacht und der Nähe sich bewegender Körper haben wir uns gefunden. Ich nehme ihre Hand. wir bewegen uns an die Bar.

„Hey schöne Frau," beginne ich die Konversation vorsichtig, „kann ich dich zu einem Getränk einladen?"

Sie lächelt. Das Lächeln ist wunderschön. Ist sie die Frau von weiter weg die mich finden soll? War es

Schicksal, dass ich heute das Tape hörte? Gibt es etwa ein Schicksal? Ich dachte, das wäre vielleicht eher eine Taktik, um mich zu bewegen, im hier und jetzt und ungebunden zu leben.

Noch immer lächelnd flüstert sie mir ins Ohr, „gerne, überrasche mich einfach."

Wow, was ich jetzt mache kann entscheidend sein. Ich werde nervös. Was soll ich ihr bestellen? Bier ist langweilig, aber mag sie Mate? Will sie vielleicht etwas Anderes? Vielleicht einen Cocktail? Hier im Club?

Also drehe ich mich zur Bar und rufe den Barkeeper. Es dauert erst einmal eine Weile, bis er mich sieht. Dies macht mich noch nervöser, schließlich will ich die schöne Unbekannte nicht warten lassen. Ich will, dass sie mich männlich wahrnimmt und dazu muss ich mich nun an der Bar durchsetzen. Als der Barkeeper auf mich reagiert bestelle ich zwei Mate-Vodka und hoffe, damit richtig zu liegen.

Die unbekannte Schöne war nicht weggelaufen. Sie steht noch in der Nähe, als ich mich mit den Getränken zu ihr drehe. Auch von hinten ist sie der Hammer. Sie weiß, welche Kleidung sie gut aussehen lässt. Die enge blaue Jeans betont ihre Figur, genau wie das weiße Topp, welches aber ein weniger locker am Körper hängt. Sie wirkt trainiert, arbeitet definitiv an ihrer Figur und lässt sich nicht einfach treiben. Vielleicht ist sie ja mal anders.

Ihr Anblick lässt mich alles um mich herum vergessen, aber was, wenn sie doch wieder eine der Frauen ist, die nur nach Spaß im Moment suchen? Vielleicht ist sie gar nicht die Person, die mich finden wird, auch, wenn sie mich gefunden hat. Unter Umständen gibt es sowas wie ein Schicksal nicht. Wie dem auch sei, ich werde es nicht wissen, wenn ich es nicht versuche.

Sanft lege ich meine rechte Hand auf ihre linke Schulter. Unglaublich weich fühlt sich ihre Haut an. Langsam dreht sie sich um und lächelt. Wow, so etwas habe ich seit langem nicht gespürt. Dieses Kribbeln in meinem Bauch ist unglaublich. Wenn ich sie sehe, ihre Haut spüre, existiert nichts anderes mehr um uns herum. Bereits ihr Anblick zieht mich in einen Bann. Dabei weiß ich nichts über sie, außer, dass sie wunderschön ist und weiß, wie sie sich bewegen muss, auf der Tanzfläche.

Ich reiche ihr ein Getränk und stelle mich vor, „mein Name ist Steffen, by the way. Wie heißt du?"

„Hannah," antwortet sie kurz und kichert.

„Es freu mich, dich kennenzulernen. Wohnst du in Berlin? Was machst du hier?" versuche ich, etwas mehr aus ihr heraus zu bekommen, das Gespräch zu unterstützen.

„Ja," antwortet sie, „ich bin hier geboren und aufgewachsen. Meine Mutter stammt aber aus Marokko. Mein Vater ist von hier. Ich bin Krankenpflegerin und du?"

Bei den Hintergrundgeräuschen verstehe ich sie kaum noch.

„Ich arbeite im Büro, im Bereich Finanzen, in einem Startup hier in Berlin," lasse ich sie wissen. „Was hältst du davon, wenn wir wo hingehen wo es ein wenig ruhiger ist?"

Sie nickt, nimmt meine Hand und zieht mich mit. Zusammen gehen wir die Treppe hoch und setzen uns auf eine Couch. Leider sind wir hier nicht allein, aber zumindest ist es gemütlicher und ruhiger. Hannah setzt sich zuerst. Ich setze mich neben sie. Sofort rückt sie näher. Ich lege meinen Arm um sie.

„Woher kommst du denn? Wohnst du in Berlin?" fragt sie nach. Wow, sogar ihre Stimme ist wie eine Massage für meine Ohren. Sie klingt wunderschön, so friedvoll und freundlich. Zugleich aber auch so vertraut.

„Ja, ich wohne hier seit fast zehn Jahren," erzähle ich ihr. „Ich bin hier damals zum Studium hergekommen."

„Was hast du studiert?" Will sie wissen, „BWL?"

Ich lächle, „nein, nicht ganz. Ich habe Wirtschaftsinformatik studiert. BWL war mir nicht genug."

„Cool," sagt sie, „bist du Single?"

Diese Frage zwingt ein lächeln in mir hervor, welches ich nicht mehr stoppen kann. Zunächst etwas leiser, dann lauter bestätige ich „ja, ja, ich bin Single, schon viel zu lange."

Hoppla, war das jetzt zu viel? Klingt das jetzt merkwürdig, anhänglich, verzweifelt oder sonst irgendwie unheimlich?

„Gute Antwort," erleichtert sie meine vorherigen Ängste und Zweifel. „Ich habe auch genug von den reinen Bettgeschichten."

„Wow, wirklich?" Suche ich nach einer Bestätigung, während sie meine Hand nimmt.

Hannah schaut mir tief in die Augen. Ihre Augen fangen an zu scheinen, zu funkeln. Ihr Gesicht glüht. Ihr Lächeln wird kräftiger. Sie wirkt jetzt noch glücklicher als zuvor. Wenn Sie wirklich eine Beziehung will, wäre das fantastisch. In meinem Leben habe ich wirklich genug Single-Spaß gehabt. Ich will endlich den Beziehungsspaß erleben und nicht nur für wenige Monate. Es soll lange halten. Ich will mit jemandem glücklich werden der mich versteht, die ich verstehe. Bei Hannah habe ich ein gutes Gefühl. Ihr Aussehen, ihr Lächeln, ihre Stimme, ja sogar ihre Aura, ihr ganzes Wesen lassen meine Knie weich werden. Vielleicht muss ich das jetzt mal anders angehe, langsamer.

Hannah legt ihre Beine auf meine, berührt mein Nacken sanft und kommt näher. Sie macht den ersten Schritt, etwas, dass ich jetzt eigentlich vermeiden wollte. Allerdings kann ich nicht anders. Auch ich komme näher, spüre ihre vollen Lippen auf meinen und schließe meine Augen. Für Minuten küssen wir uns einfach nur, während wir mit den Händen Haare und Körper berühren. Wir vergessen, was um uns herum passiert. In diesem Moment befinden wir uns in einem eigenen, abgeschotteten Raum, in dem es nur uns zwei gibt. Nichts und niemand kann uns hier stören.

Wir tauschen Zärtlichkeiten aus und genießen den Moment. Besser als jede Droge ist dieses Gefühl. Das Kribbeln in meinem Bauch wird immer stärker. Dieser Moment, dieser magische Moment hat mich gepackt.

Umgebung, Raum und Zeit verlieren komplett an Bedeutung. Jetzt, in diesem Augenblick gibt es nur noch sie und mich, aber sollten wir das tun? Sollten wir wieder auf der Autobahn der Lust und der Sinne fahren, bis wir von der Fahrbahn abkommen?

Langsam gehe ich mit dem Kopf zurück, löse mich vom Kuss. Sie schaut mich an, glücklich. Irgendwie sieht es so aus, als hätte es auch sie erwischt.

„Das war schön," flüstert sie in mein Ohr und drückt mich ganz doll.

„Finde ich auch," antworte ich, „aber wenn du wie ich eine Beziehung willst, dann lass uns morgen zu einem Date treffen, ein Kaffee oder Eis. Ich will es nicht wieder übereilen. Ich will mehr als nur Sex."

Hannah drückt meine Hand und schaut zunächst etwas überrascht.

„Du bist wirklich anders," kommentiert sie und fängt wieder an zu lächeln, „aber ich verstehe was du meinst. Gerne lerne ich dich kennen, bei einem Kaffee oder im Park, wo es nicht so laut und voll ist wie hier. Meine Freundinnen suchen mich sicher auch schon. Gib mir dein Handy. Ich speichere meine Nummer ein."

Sofort nehme ich mein Handy, entsperre es und gebe es ihr. Sie tippt eine Nummer ein und ruft diese an.

Sie zwinkert mir zu und sagt, „dann habe ich deine Nummer auch."

Anschließend gibt sie mir mein Handy zurück, drückt mich und flüstert in mein Ohr, „Du rufst mich morgen an, versprochen, ja?"

„Selbstverständlich," bestätige ich. „Ich will dich wirklich unbedingt kennenlernen."

„Gut, dann gehen wir wieder zu unseren Freunden," bestimmt Hannah den weiteren Verlauf des Abends.

Schade, sich jetzt schon zu verabschieden, denke ich, aber vielleicht wird das jetzt ja mal eine ernsthafte Beziehung. Also stehe ich auf, helfe ihr hoch, drücke sie und gebe ihr einen Kuss auf die Lippen. Sie greift leidenschaftlich in mein Haar und drückt meine Lippen fester auf ihre Lippen. Zeitgleich springt sie hoch.

Ihre Schenkel umarmen meinen Bauch für wunderschöne Sekunden. Ich spüre Ihren Oberkörper an meinem und würde sie am liebsten gleich hier und jetzt vernaschen. Das könnte aber auch kontraproduktiv sein.

Kurze Zeit später löst sie ihre Lippen und wir umarmen uns noch einmal ganz kräftig, bevor sie ihre Beine löst und ich sie sanft zurück auf dem Boden absetze.

„Ich freue mich auf morgen," flüstert sie in mein Ohr und gibt mir einen letzten kräftigen Kuss auf meine rechte Wange. Unmittelbar geht sie los, zurück in die Masse, während sich unsere Hände nur etwas schwerer trennen.

Unvergessliche Momente haben bereits jetzt meine Nacht wieder erhellt. Dennoch trenne ich mich wieder von der wunderschönen fremden Frau. Ich bin wieder allein, aber dennoch nicht einsam und hoffe, die Fackel unserer Gefühle füreinander zu entflammen und ewig am Brennen halten zu können.

Nach diesen Ereignissen kann ich nicht anders, als zu lächeln. Meinen Freunden fällt dies natürlich sofort auf. Ich erzähle ihnen vom Erlebten. Sie freuen sich für mich. Peter macht sich aber schon wieder Sorgen, dass ich mich wieder zu schnell verliebe, mein Herz gebrochen wird.

Wie dem auch sei, die nächsten Stunden feiere ich mit meinen Jungs. Immer wieder gerne schaue ich zu Hannah. Wenn sich unsere Augen treffen, lächeln wir.

Hin und wieder kommen wir uns näher, tanzen ein wenig zusammen und küssen, bis wir wieder in unsere Gruppen zurückkehren. Das Zusammenspiel unserer Körper wirkt bereits jetzt wie eine Symphonie auf der Tanzfläche. Zwei Unbekannte in der Formel des Clubs lassen sich nur im Miteinander lösen.

Hannah scheint es ernst zu meinen, ich auch. So etwas wie hier und jetzt habe ich noch nie erlebt, so frisch, so nah und doch so distanziert. So wunderschön.

Irgendwann kommt sie zu mir, legt ihre Arme um mich und springt wieder hoch. Ich halte sie an ihren trainierten Oberschenkeln oben.

Wieder küssen wir uns für einige Zeit, bevor sie sagt, „ich gehe jetzt nach Hause. Mach nicht mehr so lange. Ich warte schon auf deinen Anruf. Lass uns gegen vier treffen, vielleicht oben im Viktoriapark."

Hey, haben wir jetzt schon ein Date?

„Super, sehr gerne," bestätige ich sie und lasse sie vorsichtig wieder auf den Boden gleiten.

So verschwindet sie jetzt und lässt mich hier zurück, mit meinen Freunden. Ich schaue ihr lange hinterher, als mich Peter an der Schulter berührt und fragt, „Steffen, willst du was trinken?"

Ich stimme zu und wir gehen an die Bar, bevor wir uns in eine der ruhigeren Ecken in der zweiten Etage setzen.

Gekaut und ausgespuckt

Kaum sind wir dort angekommen, kümmert sich Peter um mich: „Steffen, ich weiß, du hast die Schnauze voll von One-Night-Stands und so, aber so ist das hier nun ein mal. Bitte erwarte nicht zu viel von der Frau. Wie heißt sie noch mal?"

„Hannah," antworte ich mit einem breiten Lächeln in meinem Gesicht.

„Ja, Hannah," fährt er fort, „du kennst sie doch gar nicht. Wie ich dich kenne, hast du dich aber schon wieder in sie verliebt und du wirst dein Herz brechen. Bitte sei ein wenig vorsichtiger, dieses Mal."

Ich nicke und stoße an: „Danke, dass du immer für mich da bist, Peter. Auf unsere Freundschaft!"

Auch Peter lächelt und stößt an, als ich fortführe: „Aber glaube mir, Hannah ist anders. Wir wollen es langsam angehen."

Jetzt schaut mich Peter ein wenig besorgt an, bevor seine ex-Freundin auf ihn zukommt und sie sich unterhalten. Ich lehne mich zurück in der Couch und genieße einfach den Augenblick.

Dieser Moment, in dem es sich anfühlt, als hätte ich Großes erreicht. Dieses Gefühl, welches aber auch schnell wieder verfliegen kann. Da muss ich Peter Recht geben, gerade, wenn man sich nicht wirklich kennt.

In einer anderen Ecke des Raumes höre ich drei Personen sich unterhalten, wie froh sie doch über die sozialistisch-ökologische Regierung seien, die fast sogar in Deutschland regiert. Endlich würde mehr Gerechtigkeit kommen und Eigentum fairer verteilt werden, fair den Menschen und der Umwelt gegenüber. Eine dieser Personen trägt ein merkwürdiges Emblem am Shirt. Das sind zwei rote Fahnen, die im Wind wehen.

Wenn ich meinen Augenblick jetzt nicht so genießen würde, mich so entspannt fühlen würde, als ob meine Seele gerade massiert wurde, würde ich mich vielleicht sogar einmischen, auch wenn das erfahrungsgemäß wenig bringt. Oft sind diese Leute von Parteien und Politikern so gebrandet, dass sie ihrer Ideologie blind folgen. Sie hinterfragen wenig, verlassen sich auf die Argumente für Fahrverbote, Flugverbote, Schifffahrtsbeschränkungen, Fleischverbote, die CO_2-Steuer, eine drohende extra Eigentumssteuer, die Fleischsteuer. Einschränkungen von Haustieren und Verstaatlichungen von Unternehmen. Geschwiegen wird dann aber beispielsweise, wenn es um die gesundheitlichen Folgen der Hormone von Sojaprodukten geht, die sie für Männer und teilweise auch Frauen haben. Lieber wird die Ausübung verboten, als etwas einzuleiten, was das Klima und das Miteinander proaktiv verbessern kann.

Staaten in Südostasien, Afrika und Lateinamerika sind so weit. Sie setzen lieber darauf, Millionen von Bäumen und Meeres- sowie See-Algen zu pflanzen, als durch Verbote Freiheiten einzuschränken. Statt Fleisch höher zu versteuern wird in manchen Staaten durch das Drucken von Fleisch Innovation vorangetrieben, durch die keine Tiere Leiden und auch weniger Methan-Gase ausgestoßen werden.

Manchmal habe ich das Gefühl, das Politiker lieber durch Einschränkungen und Steuern regieren, als die zu belohnen, die aktiv etwas zum Positiven verändern und verbessern. Seltsamer Weise geben ihnen viele Wähler Recht.

Wie dem auch sei. Der Abend wird spät und ich will ihn mir von dem ideologischen Gerede jetzt nicht verderben lassen.

Also stehe ich auf, wohlwissend, dass sich Peter noch mit seiner Ex unterhält. Martin und Johannes finde ich auf der Tanzfläche, die inzwischen etwas leerer ist.

„Wollt ihr noch mit zum Dreckigen Dasein?" fragt Johannes.

Ich stimme zu. Auch Peter sammeln wir ein. Martin will lieber schon nach Hause. So gehen wir zu Fuß von der geilen Helga am Ostkreuz zum dreckigen Dasein an der Warschauer Straße.

Auf dem Weg in die Bar kommen wir auch an der Revaler Straße vorbei, genauer gesagt an einigen der inzwischen mehrerer von linksautonomem besetztem Häuser vorbei. Vor den Häusern liegen noch Ziegelsteine auf dem Gehweg, welche die Radikalen am

Nachmittag auf Polizisten und Gewerbetreibende geworfen hatten. In der Ferne wird gerade wieder ein Auto angezündet, zwei sogar. Die Brandstifter sind vermummt und verschwinden in Richtung der besetzten Gebäude.

So wirklich mischt sich hier kein Passant mehr ein. Wir wollen nicht Gefahr laufen, selbst geschlagen zu werden. Die Polizei tut nur selten was und die sozialistisch-ökologische Regierung drückt hierbei schon seit Jahren gefühlt beide Augen zu. Diese Rabauken können in Berlin tun und machen was sie wollen, leider. Grund genug für uns, diese Region zu vermeiden. Dieses Mal hätten wir aber einen Umweg gehen müssen.

In der Bar angekommen ist es angenehm, wie meistens. Das dreckige Dasein ist eine Bar, die von einer Queer-Organisation gepflegt wird. Die Atmosphäre hier ist immer angenehm, nicht aggressiv. Wir sind gerne hier, quatschen einfach nur und tanzen. Ein wenig, bevor wir uns auf den Weg nach Hause machen. Ich habe ja auch noch ein Date morgen, mit Hannah.

Also gehen wir relativ bald in Richtung zu hause. Auf dem Weg zur U-Bahn, noch auf dem ehemaligen Gelände der Reichseisenbahn sehen wir auf einmal zwei Männer sich streiten.

Johannes will dazwischen gehen. Ruckzuck schreien die Männer Johannes an. Sofort schreitet sein

Bruder Peter ein und sie werden handgreiflich. Das kann ich nun wirklich nicht gebrauchen.

Also gehe ich dazwischen. Einer der Fremden ruft auf einmal nach anderen. Plötzlich kommen noch mehr hinzu. Peter muss sich mit jemandem rumschlagen, so auch Johannes. Vier Leute stehen um mich und schlagen drauf ein.

Noch immer voller Adrenalin von der Begegnung mit Hannah spüre ich ehrlich gesagt kaum etwas. Gemischt mit dem Alkohol fühle ich mich eher wie im Rausch. Ist dies das dramatische Ende dieser sonst so atemberaubenden Nacht?

Glücklicherweise bin ich mit 2 Metern größer als die anderen. Langsam fange ich an, mich zu wehren, schlage mit den Ellenbogen umher, kein Erfolg. Alles vergeht irgendwie wie nebenbei. Ich befinde mich im Schockzustand und will uns alle einfach nur noch zu Boden kriegen. Also hake ich mit den Beinen und nach Kurzem schaffe ich es, wir liegen alle am Boden.

Peter ruft: „Da kommt die Polizei, lauft."

Unerwarteterweise stehen die Angreifer auf und laufen weg, alle. Peter hilft mir hoch und kommentiert, „lass uns verschwinden, da kommen keine Polizisten."

Also stehen wir auf, gehen die Treppen hoch zur Warschauer Straße. Da wo üblicherweise Drogendealer stehen, steht niemand mehr um diese Uhrzeit.

Noch immer habe ich den Schock nicht ganz realisiert. Will mich die Stadt jetzt zum Ende des Abends noch aufkauen und wieder ausspucken? Ich verstehe es nicht. Wieso hat sich der Abend so gewendet?

Johannes und Peter sehen in Ordnung aus. Ihnen fehlt es an nichts, glücklicherweise.

Johannes fragt mich aber, „Steffen, bist du in Ordnung? Hast du Schmerzen?" Er deutet auf mein Shirt.

Ich schaue mein Shirt an. Tatsächlich, mein vorher fast weißes Shirt ist voll mit Blutflecken und nicht nur ein wenig.

„Mir geht es gut, eigentlich," antworte ich verwundert und ziehe mein Shirt aus. Sogar von hinten ist is voll mit Blut.

„Unglaublich," kommentiert Johannes, „dein Shirt ist voller Blut, aber du hast nicht einen Kratzer."

Das ist wirklich unglaublich. So viel Glück im Unglück. Oder doch mehr Unglück? Langsam greife ich nach meinem Handy, aber es ist weg. Auf einmal werde ich nervös.

„Peter, Jojo," sage ich nervös, während die Stimme lauter wird, „mein Handy ist weg, die haben mein Handy. Die haben die Nummer von Hannah. Ich brauche mein Handy, muss es zurückbekommen."

„Steffen," warnt mich Peter, „das ist es nicht wert. Die werden gemerkt haben, dass ich geblufft habe und noch aggressiver sein."

„Ja," stimmt ihm Johannes zu, „deine Gesundheit ist wichtiger als jede Frau. Und meintest du nicht, dass ihr bereits ein Date ausgemacht habt?"

„Date ja," antworte ich nervös, „aber wo und wann und was, wenn was dazwischenkommt? Ich glaube, es war im Viktoriapark, aber war es um zwei oder drei oder doch früher oder später? Ich weiß es nicht mehr so genau. Das war alles wie im Rausch. Lass uns zumindest gucken, ob es da am Boden liegt."

„Ok," bestätigt Johannes, während er seine Hand auf meine Schulter legt, „aber nur von oben. Von den Treppen. Wenn es da nicht ist, fahren wir nach Hause. Ich warte da gerne mit dir morgen im Park, den ganzen Tag."

Auch Peter ist dabei, „genau, ich werde da auch mit dir sein und du meintest, ihr würdet euch oben beim Mahnmal treffen."

Also gehen wir langsam wieder in Richtung der Treppe, die wir vorhin hochgegangen sind, unmittelbar an dem Ort, wo es vorhin passiert ist. Ich suche nach Gegenständen am Boden. Zwar ist es schon wieder hell, aber ich erkenne von hier nicht viel. Ich muss näher ran.

Zwei Stufen tiefer greift Johannes meine Schulter, als ich von unten jemanden rufen höre, „da sind sie die Drecksäcke. Die Kapitalisten haben Paul die Nase gebrochen. Auf sie!"

Auf einmal laufen zehn bis fünfzehn Leute auf uns zu. Vom Kleidungsstil passen sie in die linksautonome Ecke, auch von der Wortwahl her. Johannes zieht mich hoch. Ich stolpere, kann aber recht schnell wieder aufstehen. Wir laufen schnell in Richtung U-Bahn. So etwas war mir hier echt noch nicht passiert. Gehört habe ich davon schon öfter. Traurig, wie mein Berlin langsam, aber sicher verkommt.

Peter und Johannes laufen vor. Ich folge ihnen direkt. Wir laufen in den U-Bahnhof und in Richtung des Gleises hoch. Da steht eine Bahn, aber da drin sind wir nicht sicher. Die Verfolger sind immer noch hinter uns. Also laufen wir auf der gegenüberliegenden Seite wieder runter. Auf die Straße in Richtung Schlesisches Tor.

Wer hätte gedacht, dass sich der Abend so schnell wenden könnte und dass die Verfolger es wirklich so ernst meinen. Würden Peter, Johannes und ich nicht seit Jahren im Hobby-Verein Fußball spielen, hätten wir sicher schon verloren. Auf diese Weise gelingt es uns, unsere Verfolger abzuhängen.

Langsam, aber sicher gehen wir dann auch nach Hause, jeder zu sich und jeder allein heute Nacht. Zugleich verabreden wir uns aber auch für den nächsten Tag um zwei im Viktoriapark. Um nichts in der Welt will ich Hannah verpassen.

Auf dem Rückweg habe ich hin und wieder das Gefühl, dass ich verfolgt werde. Die anderen Fahrgäste schauen mich merkwürdig an. Wahrscheinlich starren sie mich wegen meinem mit Blut verschmiertem Shirt an. Hin und wieder fragen sie mich, ob alles gut ist und was passiert ist. Ich erkläre die Situation kurz und bin froh, als ich endlich sicher zu Hause im Bett liege.

Im Bett legt sich der Schock langsam wieder, während die Vorfreude steigt. Gut und auch lange schlafe ich nicht.

Nur wenige Stunden später stehe ich schließlich wieder auf. Noch immer bin ich müde, aber ich will auf keinen Fall verschlafen. Ohne Handy kann ich mir auch keinen Wecker stellen. Ständig schaue ich auf mein Notebook, um die Zeit im Auge zu behalten.

Bereits um eins – direkt nach einem leckeren Frühstück – schnappe ich mir eine Flasche Wasser sowie ein Buch und begebe mich zum Viktoriapark. Vielleicht kommt Hannah auch bereits früher. Auf keinen Fall will ich sie verpassen. Jede mögliche Sekunde möchte ich nutzen, um ihr näher zu sein, sie kennenzulernen.

Irgendwie wirken diese Neuerungen auf mich auch beängstigend. Es fühlt sich an wie eine Sucht, eine noch frische Abhängigkeit nach der Frau, die mich gefunden hat und der Nähe zu ihr. Wir hatten nur wenige Minuten miteinander. Trotzdem stellt sie bereits jetzt mein Leben auf den Kopf. Wie kann ich in wenigen Minuten solch starke Gefühle mit einer Frau entwickeln? Eigentlich kenne ich sie doch gar nicht.

Noch etwas schwach und übermüdet steige ich den künstlichen Berg im Viktoriapark hoch. Zeitweise wandere ich entlang der Wasserfälle. Auf diese Weise genieße ich zumindest etwas natürlichere Luft als auf den Straßen der Stadt.

Am Mahnmal angekommen setze ich mich auf die oberste Stufe und lehne mich zurück. Irgendwie fühle ich mich jetzt erleichtert, schon einmal hier zu sein. Endlich kann ich mich ein wenig entspannen. Wenn sie hier ist, werde auch ich hier sein.

Die Mittagssonne strahlt auf mich ein. Nur gelegentlich trauen sich Wolken der Sonne in den Weg. Ich lege meinen Oberkörper komplett nieder und lege Wasser sowie das Buch neben mich. Schließlich lasse ich mich von der Müdigkeit überwinden und döse langsam ein.

Funken der Hoffnung und andere Überraschungen

Auf einmal greift etwas oder jemand mein Bein.

„Hey Steffen, alles gut?" Höre ich Peters Stimme. „Hast du hier etwa geschlafen?"

Vorsichtig öffne ich meine Augen. Johannes und Peter sind jetzt auch wie versprochen hier. Sie haben Getränke und ein Kartenspiel mitgebracht.

„Wer, was?" Gebe ich im Halbschlaf von mir, „oh hi ihr. Geschlafen? Ja, ne, nur kurz genickt."

Johannes hakt nach, „du warst also schon zu Hause?"

Ich lächle und antworte, „zu Hause, ja, geschlafen habe ich da und ihr?"

„Natürlich haben auch wir zu Hause geschlafen," bestätigt Peter mit einem fetten Grinsen im Gesicht.

So sitzen wir drei da, im Viktoriapark ganz oben und schauen in die Stadt. Berlin, der Mittelpunkt unseres Lebens, unser Reich, unser zu Hause.

Seit Ewigkeiten sind wir befreundet, fast wie Familie. Peter und Johannes stammen beide aus Berlin. Sie sind in Kreuzberg geboren und aufgewachsen.

Nach wenigen Minuten regt Peter an, Karten zu spielen. So spielen wir, quatschen und warten. Alles woran ich aber denke ist Hannah. Wann wird sie endlich hier sein? Ständig frage ich nach der Uhrzeit.

So wird es zwei, drei, vier Uhr und noch immer kein Zeichen von Hannah. Peter und Johannes müssen schließlich los, zum samstäglichen Familienabendessen. Sie empfehlen mir, auch nach Hause zu gehen. Ihr muss etwas dazwischengekommen sein. Vielleicht hat sie es auch nicht ernst gemeint mit mir.

Was auch immer meine Freunde denken. Sie sind der Meinung, dass ich ohne Chance auf Erfolg warte, aber so ist es nicht. Das will ich nicht glauben. So lange es noch einen Funken an Hoffnung gibt, werde ich hier warten. Ich werde daran glauben, dass sie kommt. Sie wird schon noch kommen.

Mein Bauch beginnt langsam, Geräusche von sich zu geben. Ich werde hungrig, aber vielleicht hatten wir uns ja auch noch später verabredet. Ich meine, wer verabredet sich denn schon so früh? Vielleicht hatten wir uns ja um sechs hier verabredet.

Vom Hunger getrieben frage ich einen der Leute dort nach der Uhrzeit. Es war halb fünf. Ich bin mir sicher, dass wir uns zu einer glatten Uhrzeit verabredet hatten. Dies könnte meine Chance sein, schnell zumindest einen Snack zu holen. Da sind schließlich zwei Supermärkte in der Nähe.

Sicherheitshalber bitte ich eine kleine Gruppe von Touristen, nach Hannah Ausschau zu halten. Ich beschreibe wie sie aussieht und dass sie ihr bitte sagen sollten, dass ich gleich wiederkomme. Ob sie das auch machen werden weiß ich nicht, ich will aber keine Chance auf der Straße liegen lassen. Mein Glück will und muss ich selbst in die Hand nehmen.

Schnell gehe ich also den Berg in Richtung der Supermärkte herunter. Gleichzeitig bete ich, dass ich sie jetzt nicht verpasse. Das ist komisch. Normalerweise bete ich nicht. Ich glaube an keinen Gott.

Wie dem auch sei. Auf dem halben Weg und fast ganz unten höre ich auf einmal jemanden von der Seite meinen Namen rufen und laufen.

Sofort halte ich an und schaue zur Seite. Da ist sie, Hannah. Meine Erinnerung an sie hat mich nicht getäuscht.

Sie läuft mir entgegen und spring in meine Arme, drückt mich ganz fest und kommentiert aufgeregt, „du bist noch hier, danke und entschuldige die Verspätung. Es kam noch ein Notfall dazwischen. Ich musste arbeiten und dein Handy ist aus. Ich hatte mir schon Sorgen gemacht, du würdest dich nicht mehr für mich interessieren."

Moment einmal, klammert diese Frau genau so viel wie ich? Gut irgendwie. Vielleicht kann ich einfach ich selbst sein.

„Endlich bist du da. Ich hatte mir schon Sorgen gemacht, Sorgen, du kämest nicht," antworte ich, „was war das denn für ein Notfall, ich hoffe nichts schlimmes?"

„Ach nur ein Unfall," beschreibt Hannah, „jetzt habe ich aber auch Hunger. Willst du etwas essen?"

„Du kannst Gedanken lesen," bestätige ich, „was willst du denn essen?"

„Drüben in der Kreuzbergstraße gibt es ein Steakhaus, das ist ganz gut," schlägt Hannah vor, „also, wenn du Fleisch isst."

„Klar, klingt gut," stimme ich direkt zu.

So gehen wir zusammen zum Restaurant, halten Händchen und unterhalten uns. Wir lernen uns kennen. Dies ist für uns beide das erste Date nach einer langen Zeit, ohne unmittelbar miteinander ins Bett zu gehen. Beim Dinner küssen wir uns noch nicht einmal, aber wir lächeln ohne Ende. Wir beide sind glücklich und froh, es nicht unmittelbar zu Übereifern. Hoffentlich glückt dieses Experiment.

Als ich ihr von den Ereignissen der letzten Nacht und vom Schicksal meines Handys und Shirts erzähle, wird sie etwas hellhöriger und zugleich etwas besorgt. Das müssen ihre krankenschwesterlichen Fürsorgeinstinkte sein. Da sie mich aber auf jeden Fall kennenlernen will, bietet sie mir an, mir ein altes Handy mit Prepaid SIM-Karte auszuleihen.

Also gehen wir nach dem Dinner zu ihr nach Hause. Auch sie wohnt nur wenige Gehminuten vom Viktoriapark entfernt. Herein lässt sie mich aber nicht. Sie verhält sich ein wenig merkwürdig und bittet mich, unten zu warten. Sie sagt, sie hätte ihre Wohnung nicht aufgeräumt, aber ist es wirklich das?

Irgendwie frage ich mich schon, was sie verheimlicht. Hat sie einen Freund oder einen Mann? Vielleicht sogar Kinder? Ich meine, Kinder wären ja nicht so schlimm. Gegebenenfalls wohnt sie auch noch mit ihren Eltern zusammen. Fragen über Fragen, die ich mir stelle, während ich unten warte. Vielleicht ist da aber auch nur eine beginnende Eifersucht, ausgelöst durch das Feuer der Sehnsucht nach ihr.

Nach wenigen Minuten ist sie wieder unten und drückt sie mir ein Handy sowie ein passendes Ladegerät in die Hand. Sie gibt mir einen Kuss auf die Wange.

„Danke fürs Warten," sagt sie, „wir sprechen uns dann morgen? Wie wäre es, wenn wir gemeinsam laufen gehen?"

„Laufen, ja gerne," bestätige ich sie, „wie spät denn?"

„Lass uns um neun im Park treffen," schlägt sie vor.

„Ok," stimme ich überein, bevor sie mich noch einmal drückt und hinter der Haustür verschwindet.

Irgendwie verwirrend, die Situation hier. Was passiert hier? Was verheimlicht sie? Verheimlicht sie etwas?

So gehe ich mit Fragen in meinem Kopf nach Hause. Was wird das mit uns? Warum waren wir so distanziert heute, aber ist das nicht genau das, was ich provoziert habe? Ganz wohl fühle ich mich dabei allerdings dann doch nicht. Wie gerne hätte ich sie geküsst und mehr umarmt, aber gut. Wir lernen uns langsam kennen.

Was aber verheimlicht sie in ihrer Wohnung? Ich meine, sie ist 29 Jahre jung und wird wohl nicht mehr bei den Eltern wohnen, oder doch? Oder schämt sie sich wirklich nur wegen der Unordnung?

Ohne zu viel Druck auszuüben bleibt mir wohl nichts übrig, als es jetzt in diesem Moment hinzunehmen. Langsam werden wir uns kennenlernen und die Geheimnisse zwischen einander lüften.

Zu Hause angekommen räume ich auf und putze bis etwas später in der Nacht, bis ich irgendwann erschöpft ins Bett Falle.

Auf einmal werde ich vom klingelnden und noch unbekannten Telefon geweckt. Es ist halb acht und die Nummer ist nicht eingespeichert. Selbst wenn die Nummer abgespeichert wäre, würde nur eine Person, die ich kenne, diese Nummer haben. Wer mag das wohl sein? Ist es sie oder jemand anderes?

Neugierig beantworte ich den Anruf im Halbschlaf, „hallo?"

„Steffen, guten Morgen," begrüßt mich eine fröhliche und wunderschöne Stimme. Es ist Hannah.

Sie sagt weiterhin, „ich wollte nur sichergehen, dass du unser Date nicht verpasst. Wir wollten laufen gehen."

„Laufen, ja genau, wann, jetzt, ja, ich mache mich fertig, hole dich ab," bestätige ich sie etwas verplant und voreilig.

„Du kannst auch gerne jetzt schon vorbeikommen," stimmt mir Hannah zu.

So machen wir es. Ich ziehe mir schnell meine Sportsachen an, trinke etwas und laufe los. Wie von Magneten angezogen nähere ich mich ihrer Wohnung. Hannah steht bereits draußen und dehnt sich.

Sie trägt eine enge hellgraue Sporthose und ein pinkes T-Shirt sowie weiße Schuhe. Zudem trägt sie noch ein atemberaubendes Lächeln.

Zur Begrüßung umarmt sie mich kurz und wir laufen. Es ist unglaublich, was für eine Kondition sie hat. Diese Krankenschwester ist sportlich wie eine Athletin und bezaubernd wie ein Engel. Dennoch frage ich mich, wann ich endlich die volle Wahrheit über sie erfahre. Irgendwas muss sie verheimlichen. Das spüre ich in mir drin.

Nach dem Laufen dehnen wir uns gemeinsam und holen uns Frühstück beim Bäcker. Sie kennt die Bedienung in der Bäckerei, ist wohl eine Freundin. Die Freundin hatte uns bereits einen Picknick-Korb mit Decke vorbereitet. So gehen wir zusammen mit dem Korb auf eine Wiese im Park und frühstücken.

Wir essen Obst, Joghurt und Müsli. Nebenbei hören wir den Vögeln zu und entspannen uns. Wir kommen uns wieder näher als am Tag zuvor. Sie liegt in meinen Armen. Zeitweise küssen wir uns. Dies fühlt sich für mich erleichternd an. Schwer war die Bürde der Distanz. Was ist, wenn wir uns am besten so kennenlernen wie wir uns am wohlsten fühlen? Wenn wir uns küssen wollen, dann küssen wir und nichts Anderes.

Sie fängt an zu erzählen, „du Steffen, ich genieße wirklich die Zeit mit dir und ich glaube, dir vertrauen zu können. Deshalb muss ich dir etwas verraten."

In genau diesem Moment fängt ihr Telefon an zu klingeln.

Etwas erschrocken springt sie auf und entschuldigt sich, bevor sie sich kurzfristig etwas entfernt. Will sie sich endlich öffnen? Erzählt sie mir, was in Ihrer Wohnung ist? Ich zähle die Sekunden bis sie wieder bei mir ist.

Nach wenigen Minuten kehr sie zurück und sagt, „du, Steffen, es tut mir leid, aber es gab einen Notfall. Ich muss arbeiten. Ich rufe dich später an."

Wie jetzt, seit wann haben Krankenschwestern Notdienst? Gab es etwa so etwas wie einen Anschlag? Dieser Sonntag erinnert mich an Freitagnacht. Erst ist alles wunderschön, bis auf einmal eine Bombe platzt. Nach dem Sonnenschein kommt irgendwie doch immer wieder Regen.

Hastig entschuldigt sich Hannah noch einmal, gibt mir einen Kuss und lässt mich allein. Ich packe den Korb zusammen und bringe ihn zurück in die Bäckerei. Dort laufen gerade die Nachrichten im Radio:

„Berlin, bei einer friedlichen Studentendemonstration vor dem Brandenburger Tor mit tausenden von Teilnehmern sind Schüsse gefallen. Die Demonstranten haben gegen Maßnahmen der sozialistisch-ökologischen Regierung in Berlin protestiert. Bei den Schüssen wurden mehrere Personen getroffen. Bei der folgenden Massenpanik wurden weitere Menschen verletzt. Die Anzahl an Opfern sowie der Ursprung der Schüsse sind noch unklar. Laut einem Regierungssprecher sei ein terroristischer Anschlag nicht auszuschließen."

Wow, ich glaube in solch einer Situation haben selbst Krankenschwestern dann Notdienst. Ich hoffe nur, dass es nicht zu viele Opfer gibt.

So begebe ich mich nach Hause und schaue ein wenig fern. Immer wieder kommen Bilder vom Vorfall der Demonstrationen. Genauere Details zum Täter gibt es noch nicht. Die Ermittlungen laufen. Vier Demonstranten wurden durch Schüsse getötet. Drei weitere wurden angeschossen. Sieben der Demonstranten wurden durch die folgende Massenpanik schwer verletzt. Unzählige weitere Demonstranten wurden verletzt. Schrecklich.

Nach wenigen Stunden schickt mir Hannah eine SMS. Sie muss wohl noch länger arbeiten und sie meldet sich in den nächsten Tagen.

Am Montag besorge ich mir ein neues Handy und eine neue SIM-Karte. Direkt im Shop. Die Nummer bleibt dieselbe. Die meisten Kontakte waren in der Cloud gesichert. Hannahs Nummer speichere ich sofort wieder ein und gebe ihr Bescheid. Am Donnerstagabend treffe ich mich dann endlich wieder mit Hannah.

Über den Vorfall bei der Demonstration gibt es inzwischen mehrere Berichte. Während die Regierung ihre Hände rein wäscht, weist sie wohl darauf hin, dass eine psychisch verwirrte Person den Vorfall ausgeübt hat. Diese Person sei festgenommen worden. Regierungsgegner behaupten, es sei wie in China oder in Venezuela damals, ein verzweifelter und überhasteter Versuch, die Demonstranten ruhig zu stellen. Andere Berichte reden hingegen von einem durch radikal-islamistisch geprägte Gruppen ausgeübten Anschlag. Es gibt viele Mutmaßungen. Aus irgendeinem Grund wird der Erklärung und den Beweisen der Regierung in der Öffentlichkeit nicht komplett geglaubt. Merkwürdig finde ich das.

Die sozialen Medien sind voller sich widersprechender Berichte. Aus meiner Sicht ist es ein bedauernder Vorfall, aber ich will mich vollständig und komplett auf Hannah konzentrieren. Ich lade sie zu mir zum Dinner ein und bereite etwas Leckeres zu essen vor.

Bröckelnde Geheimnisse

Am Abend klingelt es dann an der Tür. Voller Vorfreude öffne ich die Tür. Da kommt sie, meine Hannah. Zärtlich nimmt sie mich in ihre Arme und gesteht, „endlich, ich habe dich vermisst."

„Ja, endlich," bestätige ich. „Lass uns erst einmal etwas essen."

Sie nickt und wir setzen uns. Wir sitzen uns gegenüber. Manchmal sitzen wir einfach nur da und schauen uns direkt in die Augen. Ich habe das Gefühl, wir zwei können unser Glück noch gar nicht fassen. Zur selben Zeit mache ich mir aber auch Sorgen, sie zu langweilen, nicht interessant und sozial genug zu sein, wofür ich mich entschuldige. Sie wiederspricht dem sofort. Hannah freut sich, dass ich eher schüchterner bin. Dies hat sie wohl am liebsten, gerade auch nach der Arbeit. Mich freut die Einstellung.

Kurz bevor ich den Nachtisch aufdecke, nimmt Hannah meine Hand und sagt halb flüsternd, „Steffen, ich muss dir etwas sagen."

Jetzt kommt es. Das Geheimnis hatte ich bei den Ereignissen schon fast vergessen.

„Gerne, erzähle mir alles," motiviere ich sie, da es ihr sichtbar schwerfällt.

„Ok," fängt sie an, „die Sache ist, ich war nicht ganz ehrlich mit dir."

Hannah macht eine etwas längere Pause und schaut ein wenig besorgt.

„Es ist ok," motiviere ich sie, „wir lernen uns ja gerade erst kennen. Nicht alles lässt sich einfach erklären. Was ist es?"

Sie schaut mir tief in die Augen und erzählt, „Ich bin keine Krankenschwester. Leider werde ich dir auch nicht viele Details über meinen Beruf geben. Kurz gesagt arbeite ich beim BfV."

„BfV?" Hake ich nach.

„Ja," bestätigt sie, „das steht für Bundesamt für Verfassungsschutz."

„Ok," antworte ich etwas verdutzt, „was machst du da denn?"

„Ich suche nach der Wahrheit," bestätigt sie kurz, „ach was solls, ich denke, ich kann dir vertrauen. Ich bin eine Agentin, eine Geheimagentin. Ich jage Verbrecher."

„Wow", stoße ich heraus, „also, das ist mal ein spannender Job, aber ist das nicht gefährlich?"

„Für mich bisher nicht," bestätigt Hannah, „an die richtig gefährlichen Fälle werde ich noch nicht gelassen."

„Gut," kommentiere ich, „weil ich habe dich wirklich gern."

Sie schaut mich an, ohne etwas zu sagen. Das macht mich nervös.

„Nunja, also, ich finde, du bist eine tolle und spannende Person und ich will dich gerne kennenlernen und natürlich will ich nicht, dass dir etwas..." fange ich an mich zu verteidigen, während Hannah aufsteht, sich auf meinen Schoß setzt und anfängt zu küssen.

Unglaublich. Diese Frau hat mich einfach mal so in ihren Bann gezogen, mich verzaubert.

Energetisch und leidenschaftlich greift sie in mein Haar, während sich unsere Lippen massieren. Ich greife ihre Hüfte und spüre ihren trainierten Körper. Der Beruf erklärt dann wohl auch, weshalb sie so sportlich ist.

Langsam geht sie etwas zurück und flüstert, „heute ist unser drittes Date. Weißt du was das bedeutet?"

Ich kann die Leidenschaft und Sehnsucht in Ihren Augen sehen. Die Offenheit baut scheinbar die Wände zwischen uns ab. Das dritte date, ja, so wird es im amerikanischen Fernsehen oft propagiert.

Mein Lächeln wird noch stärker. Ich fühle mich glücklich, drücke sie an mich und erahne, „das bedeutet dann wohl, dass du hier heute übernachtest."

Ihre vollen und natürlichen Lippen öffnen sich leicht. Sie ergänzt, „ja und auch, dass du mir heute Nacht gehörst und nur mir ganz und gar."

Sofort küsse ich sie wieder. Sie öffnet langsam die Knöpfe meines Hemdes. Ich ziehe ihr Hemd über den Kopf aus. Da ist sie, wunderschön, der perfekt trainierte Oberkörper mit wunderschönen Brüsten, verpackt in einem schwarzen BH. Ihr Bauchnabel ist etwas nach innen gerichtet.

Leidenschaftlich legt sie ihre Beine um mich herum. Die nächsten Stunden verbringen wir in intimster Zweisamkeit. Unglaublich sinnliche und atemberaubende Momente verbringen wir zusammen, zu zweit. IN unserer Zweisamkeit übernimmt die Leidenschaft jetzt das Kommando. Die Funken sprühen. Alles um uns herum wird zur Nebensache, bis wir schließlich in unseren Armen liegend einschlafen.

Am nächsten Morgen wird Hannah früh zum Einsatz gerufen. Für mich hingegen ist es nur ein ganz normaler Arbeitstag: Ich gehe ins Büro, bearbeite, buche und zahle ein paar Rechnungen. Ich quatsche ein wenig mit Kollegen und das war es im Grunde genommen auch schon wieder. Der ganz normale Alltag. Natürlich wird im Büro auch über den Vorfall am Wochenende gesprochen, aber sonst ist alles wie gehabt.

Gegen halb fünf – also kurz vor Feierabend – bekomme ich dann auf einmal einen Anruf. Die Nummer ist unterdrückt. Normalerweise beantworte ich solche Anrufe nicht, aber für gewöhnlich date ich auch keine Agentin. Schon verrückt ist alleine die Vorstellung. Die größte Herausforderung liegt aktuell darin, niemandem von Ihrem Beruf zu erzählen, wo-bei sie doch das Spannendste ist, was momentan in meinem Leben passiert.

Wie dem auch sei, ich verlasse kurz das Büro, um niemanden zu stören und beantworte den Anruf.

„Hallo?" Frage ich etwas verunsichert.

Es ist primär ein Rauschen zu hören. Deshalb frage ich noch einmal: „Hallo? Wer ist da?"

Eine männliche Stimme meldet sich, „spreche ich mit Steffen?"

„Ja," bestätige ich mit unsicherer Stimme, „wer will das wissen?"

„Ok," beginnt er zu erklären, „hör mir gut zu, wir haben nicht viel Zeit."

Eine Pause setzt ein. Im Hintergrund höre ich ein paar Leute sich hektisch unterhalten, bevor die selbst-sichere Stimme in verringerter Lautstärke fortsetzt: „Ich bin Florian, ein Kollege von Hannah. Hannah hat mich gebeten, dir auszurichten, dass sie dich um acht-zehn Uhr dort treffen will, wo ihr euch am Samstag-abend getroffen habt. Bitte komm alleine. Sie hat et-was Besonderes für dich geplant. Jetzt muss ich aber auch weiter machen hier. Machs gut."

Und so legt der Mann wieder auf. Was ist passiert? Das ist schon ein wenig merkwürdig. Ist das eine ver-schlüsselte Nachricht? Vielleicht will mich ja irgend-wer entführen, um Hannah zu erpressen, oder plant sie wirklich eine Überraschung? Am besten rufe ich sie gleich mal an. Ich wähle die Nummer, aber das Handy ist abgeschaltet. Vielleicht ist sie ja gerade im Einsatz.

Wahrscheinlich geht gerade einfach meine Kreativität mit mir durch. Was soll schon passieren und welcher Erpresser wüsste, wo wir uns getroffen haben? Es wird schon nichts Schlimmes sein.

Also gehe ich zurück an meinen Arbeitsplatz und beende den Arbeitstag ganz normal, auch wenn mich das Treffen und die zu erwartende Überraschung schon ein wenig nervös machen. Noch weiß niemand hier von Hannah oder was sie macht. Niemandem fällt auf, dass ich mehr lächle als normal. Vielleicht interessiert es auch einfach niemandem.

Pünktlich zu halb sechs bin ich im Viktoriapark, sitze auf einer Parkbank in der Nähe von wo wir uns das erste Mal getroffen haben. Auf den Bänken neben mir sitzen ominöse Gestalten: Drogendealer und Alkoholiker. Ich denke mir, wenn jemand anderes als meine Hannah kommt, dann wird mich die Person so vielleicht nicht erkennen, oder ich tue, als würde ich Drogen kaufen.

Wenige Minuten später schrickt mich dann ein Psst Geräusch aus dem Gebüsch hinter mir auf. Fast fällt mir mein Handy aus der Hand. Erschrocken stehe ich auf und drehe mich um.

Da steht sie, Hannah, mit einem fetten Grinsen im Gesicht und ein wenig am Lachen. Da hat sie sich wohl einen Spaß mit mir erlaubt. Sie umarmt mich kurz und zieht mich dann mit sich. Wir gehen tiefer in den Park hinein, an eine Stelle umrandet von Bäumen. An dieser Stelle ist es stiller und kühler als in der Umgebung. Sie liegt ein wenig tiefer. Vor uns liegt, noch einige Meter tiefer und hinter einem kleinen Holzzaun, ein kleiner und dreckiger See. Grillen und Vögel sind zu hören, aber nicht viel mehr. An dieser Stelle des Parks bin ich selten. Hier ist auch niemand sonst, nur Hannah und ich und eine Bank hinter uns.

Hannah drückt mich in Richtung Bank und setzt sich neben mich. Sie gibt mir scheinbar Zeichen, deutet an, dass sie mein Telefon haben will. Ich gebe es ihr. Sie nimmt es und schmeißt es an das Ufer des Teiches vor uns.

„Was soll das?" Frage ich etwas erstaunt und verstört.

Sie legt ihren Zeigefinger auf ihre sinnlichen Lippen und setzt sich mit dem Gesicht zu mir auf meinen Schoß. Sie umarmt mich und beginnt leise zu flüstern: „Steffen, bitte verhalte dich ganz normal. Ich musste sichergehen, dass wir allein sind. Du bist eine der wenigen Personen, denen ich vertraue, selbst wenn wir uns nicht wirklich kennen. Ich weiß mehr über dich als du denkst."

Als ich etwas sagen will, fängt sie an mich zu küssen. In dem Moment höre ich Passanten näherkommen. Also spiele ich mit, greife in ihre Haare und massiere leicht die Kopfhaut. Nach dem die Passanten vorbeigegangen sind, umarmt sie mich wieder mit dem Kopf auf meiner rechten Schulter.

Entschlossen aber leise erklärt sie weiter, „eigentlich wollte ich dich da jetzt nicht mit reinreiten, aber ich will dich nicht einfach aufgeben. Es gibt nur wenige Leute, denen wir vertrauen können. Die Regierung hat viele Beamte in ihrer Hand. Die werden erpresst oder sind auf der Seite der Sozialisten. Selbst die ökologische Partei wurde unterlaufen. Die Schüsse am Wochenende wurden von den Linksautonomen im Parlament beauftragt. Ausgeführt wurden sie von einer Organisation, die sich GegenKa nennt. Als ich meinem Einsatzleiter das Tonband abgespielt habe, hat er es konfisziert und mich auf einen anderen Fall angesetzt. Flo hat das beobachtet und gesehen, dass er das Tonband verbrannt hat."

Was ist das jetzt? Ist das die Überraschung? Spielen wir jetzt Räuber und Gendarmen? Darf ich ein Puzzle lösen? Warum sonst sollte sie mir das erzählen? Ich meine, ich bin kein Freund der Regierung, aber das traue ich noch nicht einmal denen zu.

Hannah lehnt sich mit dem Oberkörper etwas zurück und schaut mir mit ernster Miene in die Augen, also sie wieder flüstert, „Steffen, das ist kein Witz. Normalerweise dürfte ich das auch nicht machen, dir davon erzählen, aber du musst mir jetzt vertrauen. Höre mir bitte genau zu. Das ist kein Spaß und auch keine Übung. Gehe bitte nach Hause, packe deine

Sporttasche und fahre in dein Fitness-Studio. Wir werden dich da abholen."

Ok, wird das jetzt ein Abenteuer- oder Entführungs-Erlebniskurzurlaub? Ist sie so kreativ, aber etwas ist seltsam. Schließlich sagt sie, es sei kein Spiel.

„Woher," beginne ich zu fragen, als sie mir die Hand auf den Mund legt. Ein auffällig lautes Vogelgeräusch ist zu hören. Dieser Vogel klingt anders als die Vögel hier.

„Scheiße," flüstert Hannah und steht auf. „Ich hoffe die haben uns nicht zusammen gesehen. Du kennst den Plan. Beeile dich und gehe da entlang bitte,"

Sie zeigt tiefer in den Park hinein und verschwindet in die entgegengesetzte Richtung. Ich folge ihren Anweisungen und gehe auf direktem Weg im Schnellem Schritt nach Hause.

Die gelbe Tulpe

Zu Hause angekommen packe ich schnell ein paar Sachen für einen Kurzurlaub in meine Sporttasche und begebe mich in Richtung Sport Studio. Auf dem Weg dahin höre auf der Straße jemanden etwas Verrücktes laut herausschreien. Das war irgendwas von wegen linker Terroristen und einem Chip, dem sie ihm implantiert hätten. Naja, ganz bei Sinnen sah der Typ nicht aus. Echt traurig, wie sich manche Leute gehen lassen.

Mein Fitness-Studio befindet sich oben in einer Mall. Am Tresen steht gerade niemand, weshalb ich auch niemandem meine Mitgliedskarte zeige. Der Betrieb hier im Studio läuft scheinbar ganz normal. Von Hannah ist aber nichts zu sehen.

Auf einmal drückt mir jemand von hinten einen Zettel in die Hand und geht unauffällig weiter. Auf dem Zettel steht: „Gehe in die Umkleidekabine."

Der Anweisung folge ich. So etwas aufregendes habe ich noch nie erlebt. Meine Süße lässt sich wirklich für mich etwas einfallen, aber warum musste sie dafür mein Handy wegschmeißen? Frauen, ganz verstehen kann Mann sie nicht.

In der Umkleidekabine spricht mich jemand an. Das ist die Stimme des Telefons: „Steffen, da bist du ja endlich," sagt er

„Florian," erwidere ich und drehe mich zu ihm um. Florian ist groß gewachsen, dunkelblond und trägt einen Dreitagebart. Er sieht durchtrainiert aus in seiner Sportkleidung, schaut aber durchaus ernst.

„Ja," bestätigt er, „komme mit mir."

Er öffnet die Tür des Notausgangs. Hinter der Tür versteckt sich ein Treppenhaus. Florian läuft die Treppe herunter und fordert mich auf, „komm mit."

Ok, dann spiele ich mal mit. Gemeinsam laufen wir die Treppe hinunter bis in die Tiefgarage. Florian führt mich in einen schwarzen Kleinbus mit abgedunkelten Fenstern.

Wow, das ist ja schon fast wie im Hollywood-Film. Florian öffnet die Schiebetür. Ein großer und kräftig gebauter Mann mit Glatze und in einem Anzug hält eine Maschine vor mir. Er scheint das über meinen ganzen Körper zu führen. Über meiner rechten Hosentasche beginnt es zu piepen. Er zeigt auf die Tasche, sagt aber keinen Ton. Ok. Ich leere meine Tasche, Hole Kleingeld und Schlüssel heraus. Er legt diese in eine dickere Metallbox. Florian hat inzwischen meine Sporttasche durchsucht und ebenfalls einige Gegenstände in die Box gelegt. Anschließend schiebt mich Florian ins Auto, während der Mann mit Glatze mit samt der Metallbox zum Fahrersitz des Busses geht Er verschließt die Box mit einer weiteren dicken Metallplatte.

Hinten im Auto sitzen auch bereits Hannah und eine andere Frau. Die Hautfarbe der anderen Frau ist wesentlich Heller. Das Rote Haar ist hinten eng am Kopf zum Pferdeschwanz zusammengebunden. Ihre kleine Nase wird von Sommersprossen verziert.

Vorne im Bus sehe ich den kräftigen Mann mit Glatze auf dem Fahrersitz. Florian schließt die Tür hinter sich und der Fahrer fährt langsam los.

Ich schaue mich um. Alle schauen konzentriert nach vorne. Die beiden Mädels hinter mir sehen etwas nervös aus. Hannah knipst in kurzen Abständen mit einem Kugelschreiber. Am Gürtel von Florian ist ein Schaft mit Gewehr, natürlich gesichert. Hannah und die andere Frau tragen dort auch eine Waffe. Alle drei tragen etwas das aussieht wie eine kugelsichere Weste. Was ist hier los, meinen die das jetzt echt ernst? Das wirkt auf mich nicht mehr wie ein Spaß Abenteuer Ausflug, eine Überraschung, die von Florian angedeutet wurde. Langsam werde auch ich nervös.

„Ok, wohin fahren wir?" Frage ich nach. Der Fahrer schaut mich über den Rückspiegel an. Florian reagiert gar nicht. Niemand sagt einen Ton. Noch nicht einmal das Radio ist eingeschaltet.

„Hey, Jungs, Mädels, was ist los hier? Wohin fahren wir?" Hake ich nach.

Von hinten legt mir Hannah ihre Hand auf die Schulter. In einem gezwungen ruhigen Ton sagt sie, „mach dir keine Sorgen, Steffen, wir bringen dich in Sicherheit."

„Sicherheit? Wovor und warum gerade mich? Wieso bin ich in Gefahr? Ich bin doch nur ein Buchhalter und das nicht bei der Mafia." Hake ich mit ein wenig Humor nach, um die Stimmung ein wenig aufzulockern.

„Das wirst du schon noch früh genug erfahren, jetzt bitte ruhe," klärt mich Florian auf.

Was passiert hier? Wieso sollte gerade ich in Sicherheit gebracht werden? Ich meine, ich bin so schüchtern, ich melde mich noch nicht einmal, wenn mich etwas aufregt, ich fresse es lieber in mich hinein, als dass ich Ärger stifte. Soweit ich weiß, habe ich noch nicht mal Feinde und jetzt werde ich richtig nervös. Wenn ich nervös werde, dann merkt man das auch. Meine Hände halten nicht mehr still und meine Gedanken spielen verrückt.

„Hey, das ist echt nicht lustig. Was passiert hier? Entführt ihr mich? Hannah, hast du mich gezielt ausgewählt? Ich wusste es doch, du bist zu gut für mich, zu gut, um wahr zu sein. Was macht mich denn schon besonders? Was macht mich so besonders, dass ihr mich verschleppt? Ich bin nicht reich, habe keine Verbindungen zu politischen Parteien oder radikalen Vereinigungen. Passiert das hier, weil ich im Büro etwas falsch gebucht habe? Sprecht doch bitte mit mir."

„Steffen," beginnt Hannah konzentriert, „entspann dich. Es wird alles gut."

Florian setzt fort, „genau und übrigens, Hannah spielt nicht mit dir. Sie mag dich wirklich gern. Ganz ruhig, es wird alles gut."

Das sagt sich so einfach. Ich sage erst einmal nichts mehr, aber in mir spielen die Gedanken verrückt. Was, wenn die das nur sagen, um mich ruhig zu halten? Wenn ich noch mehr rede, werden die mich vielleicht knebeln und fesseln. Nein, das will ich nicht. Lieber spiele ich mit und hoffe, dass alles gut wird. Allein habe ich eh keine Chance. Ich glaube aber kaum, dass das Medium von Hannah gesprochen hat.

Ok, vielleicht doch. Vielleicht hat sie mich gesucht und gefunden. Gegebenenfalls wurde sie auf mich angesetzt, hat sich dann aber in mich verliebt. Warum aber sollte sie auf mich angesetzt gewesen sein? Verwechseln die mich mit jemand anderem? Ich weiß es nicht und jeder Gedanke in meinem Kopf treibt mich in den Wahnsinn. Diese Unsicherheit, das Unwissen ist grausam.

Wenn ich mich recht erinnere, meinte das Medium, ich hätte die Wahl, wegzulaufen oder zu kämpfen. Sie meinte, ich solle das Land verlassen und mein Partner wäre eine Verbdingung zur Lösung. Ist es das? Bringt mich Hannah weg, in Sicherheit? Fahren wir ins Ausland? Ist es das, was das Medium meinte? Tritt das jetzt wirklich ein?

Erneut schaue ich mich nervös um. Alle sind ruhig und konzentriert, Die einzigen Geräusche sind der Motor des Autos und das leise Atmen der anderen.

Nach einiger Zeit sind wir raus aus der Stadt. Die Umgebung wird ländlicher. Es gibt viele Wälder und nur vereinzelt Häuser. Wohin fahren wir? Geht es Richtung Polen? Welche Rolle spiele ich in dem ganzen hier? Was wollen die von mir?

Für eine gefühlte Ewigkeit fahren wir. Irgendwie vermisse ich mein neues Handy jetzt, welches im Viktoriapark am Ufer liegt, irgendwo tief verborgen. Und ich Idiot vertraue Hannah auch noch nach all dem. Wie geht es bloß weiter? Sollte ich weglaufen, wenn ich die Chance habe? Die könnten mich zwar erschießen, aber wäre das so schlimm? Was habe ich denn schon auf die Beine gestellt in meinem Leben? Nichts außer einem Standard-Job in einer großen Stadt. Das ist eigentlich die perfekte Lösung für die große Anonymität. Trotzdem bin ich jetzt hier und ich weiß nicht warum. Wenn ich weglaufen würde, wäre es zumindest schnell vorbei, so oder so.

Gefühlte Stunden später verlassen wir die Autobahn und fahren weiter auf der Landstraße. Nach kurzem verlassen wir auch diese und fahren in einen schmalen Feldweg. Der Weg ist lediglich durch Spurrinnen im Gras gekennzeichnet. Auf der Strecke vor uns erkenne ich, dass hier lange niemand sonst mehr gefahren ist.

Oh mein Gott, was passiert hier? Soll es das gewesen sein? Werde ich hier versteckt, gefoltert, festgehalten oder getötet und verscharrt?

„Bitte, tut mir nichts an, ich bin doch nur ein kleiner Buchhalter in einem kleinen Unternehmen. Was wollt ihr von mir? Ich habe nichts angestellt und weiß auch von ncihts. Ich kann das was hier passiert einfach wieder vergessen, als sei nichts gewesen." Flehe ich die anderen an.

Hannah legt mir wieder die Hand auf die Schulter und flüstert, „beruhig dich, alles wird gut. Niemand will dir etwas antun."

Ja, ok, ich weiß nicht, ob mich das beruhigt. Zu seltsam ist hier alles. So merkwürdig und unerwartet. Inzwischen fahren wir relativ tief in einen Wald hinein. Selbst wenn ich die Chance bekäme, wegzulaufen, wohin sollte ich laufen? Die Chance für mich, hier lebend raus zu kommen sehe ich nur noch als klein an.

Plötzlich hält der Wagen an. Florian öffnet die Tür und schaut sich um. Er geht raus und gibt Handzeichen in eine bestimmte Richtung. Hannah drückt mich aus den Wagen.

Was mache ich jetzt. Laufe ich mit denen oder laufe ich weg? Was aber, wenn all dies, die Flucht mit dem zu tun hat, was mir das Medium erzählt hat? Vielleicht ist das ja alles Teil des Plans. Gegebenenfalls ist es mein Schicksal, welches ich nicht umgehen kann.

Ich steige aus. Hannah legt ihren Arm um mich und will mich leicht mitziehen. Sie steht vor mir und schaut mich mit ihren liebevollen Augen an. Was ist, wenn ich ihr wirklich vertrauen kann? Würde ich es mir jemals verzeihen, sie versetzt zu haben?

Hannah gibt mir einen Kuss auf die Lippen und zieht mich mit. Warum sagt hier aber auch niemand ein Wort? Wieso sind alle so schweigsam? Ich höre meine Gedanken bereits lauter als die anderen. Das ist unheimlich.

Also mach ich wie gewohnt weiter als Mitläufer. Im Job ist das ja auch gern gesehen. Ich laufe mit Ihnen. Nach wenigen Metern lässt Hannah meine Hand los. Wir stapfen in den Wald. Sie läuft vor, lediglich der Fahrer und die rothaarige Frau laufen hinter mir. Am Boden ist kein Weg erkennbar. Vor uns ein Hügel mit Bäumen. Wohin führen die mich bloß?

Nach wenigen Minuten erkenne ich in der Ferne Licht. Die Sonne scheint dort etwas heller. Zumindest laufen wir dem Licht entgegen, oder ist das ein schlechtes Zeichen?

Je näher wir kommen, desto mehr erkenne ich eine Lichtung und einen kleinen Bach, der friedvoll durch die Landschaft plätschert. Die Bedrohlichkeit der Situation wird durch die Friedlichkeit der Natur wieder etwas relativiert.

In der Lichtung angekommen laufen die vorderen Florian und Hannah nach rechts, auf einen größeren Helikopter zu. Dieser sieht uns kommen und startet den Motor. Kurz vor dem Helikopter halten uns drei Soldaten an. Sie tragen eine deutsche Flagge auf der

Uniform. Zumindest scheine ich nicht ins Ausland entführt zu werden.

Florian sagt zu den Soldaten, „Wir haben die gelbe Tulpe für den Garten mitgebracht."

Der vorderste Soldat antwortet, „Sehr schön, der Gärtner wartet bereits."

War das jetzt eine richtige und weise Entscheidung von mir? Hätte ich weglaufen sollen? Bin ich die gelbe Tulpe? Was will der Gärtner von mir?

Hannah schaut mich an und greift meine Hand fest. Wenn sie mich überzeugen sollte, dann macht sie einen hervorragenden Job. Ich weiß aber nicht, ob es das Beste für mich ist.

Hannah kommt näher und flüstert, „Steffen, mach dir keine Sorgen. Ich würde dich nie verletzen, dir nie etwas antun."

So betreten wir alle den Helikopter. Jeder sitzt separat, alle im Kreis eng beieinander. Einer der Soldaten steigt als letztes ein und schließt die Tür hinter sich. Schon bald heben wir ab.

Während des Fluges schaue ich nur in die Runde. Noch immer sagt niemand ein Wort. Die Stimmung empfinde ich schon fast beängstigend. All diese Soldaten und Agenten und ich. Was tue ich hier? Was könnte ich haben das die benötigen?

Hannah legt ihre linke Hand auf meinen Oberschenkel. Ich schaue sie an. Wenigstens kann ich den

Stress der Umgebung in Ihren Augen ein wenig mehr vergessen. Sie gibt mir sogar hier, vor geschlossener Mannschaft, einen echten Kuss auf meinen Mund. Aber das ist es, kein Kommentar von niemandem. Jeder andere verhält sich als wäre nichts passiert. Lediglich Hannah und ich bringen ein wenig Emotionen in die Runde.

Nach etwa einer halben Stunde Flug landen wir wieder. Vielleicht habe ich in Hannahs Augen auch einfach die Zeit vergessen. Wir landen im Innenhof eines größeren Gebäudekomplexes. Im Anflug habe ich erkannt, dass dies das einzige Gebäude in der näheren Umgebung ist. In mehreren Hundert Metern Umgebung gibt es lediglich Felder und Wiesen. Dahinter sind Zäune und Wälder. Für mich war keine Straße oder Weg zu diesem Gebäude ersichtlich. Wo sind wir hier?

Die verlorenen Gärten

Die Sonne geht fast schon wieder unter. Der Helikopter landet. Mit einem Schlag setzen wir auf, woraufhin der Pilot den Motor abschaltet. Jemand öffnet die Tür von außen. Die Rotorblätter rotieren noch immer weiter. Ein überraschend starker Wind füllt auf einmal die Kabine, in der wir sitzen. Wind, Staub und kleine Steinchen werden aufgewirbelt.

Eine uniformierte Person fordert uns auf, auszusteigen. Draußen wird jeder von uns noch einmal abgetastet, durchsucht. Ich soll sogar mein Hemd ausziehen. Ok, das muss irgendeine geheime Anlage sein, etwas was nicht bekannt sein soll, aber was soll ich hier? Brauchen die einen Buchhalter?

Hinter uns hebt der Helikopter bereits recht zügig wieder ab. Sand vom Boden weht in meine Augen. Es fällt mir schwer, sie aufzuhalten, als mich jemand von hinten anstößt.

„Vorwärts gehen," sagt eine unbekannte männliche Stimme im militärischen Ton.

Vorsichtig setze ich einen Fuß vor den anderen. Zumindest werde ich nicht gefesselt. Hannah und die anderen werden genauso behandelt wie ich. Scheinbar ist diese Einrichtung so geheim, dass ein Vertrauen erst einmal aufgebaut werden muss. Ich weiß nicht, ob ich hier sein will. WO geht es wieder nach Hause?

Die kommandierenden Männer und Frauen sind mit Maschinengewehren bewaffnet. Dis Uniform kommt vom Militär. Das Muster der Uniform erinnert eher an amerikanische Uniformen. Zumindest habe ich die im Fernsehen bereits gesehen. Sie tragen allerdings keine Flagge der USA auf der Schulter.

Das Gebäude in dessen Innenhof wir uns befindet ist relativ gut erhalten, dafür dass es komplett abgeschottet von der Außenwelt ist. Die Fassaden erinnern mich an die Gebäude in Berlin, die um das Jahr 1900 gebaut wurden. Die Fassadenfarbe ist gelblich beige. Die Ziegel auf dem Dach hingegen sind schwarz. Aus der Luft wird das Gebäude vermutlich unscheinbar wirken.

Entschlossen führen uns die Soldaten in einen der Eingänge des Gebäudes. Die Wände sind dick. Die Decken sind hoch, ganz wie im Berliner Altbau. Hier drin ist es kühl, auch wenn keine Klimaanlage installiert ist.

Die zwei Soldaten öffnen eine große, prachtvolle Tür. Hinter ihr befindet sich ein Raum mit einem länglichen Tisch für 12 Gäste. An den Wänden hängen alte Gemälde Landschaften. Vielleicht stellen sie die Umgebung dar. Die großzügigen Außenfenster werden währenddessen abgedunkelt.

Jeder von uns wird einem Sitz zugeordnet. Hannah sitzt mir gegenüber. Florian sitzt neben ihr. Ich sitze zwischen dem kräftigen Glatzkopf und der rothaarigen Frau.

Am gegenüberliegenden Kopf des Tisches fährt eine Leinwand von der Decke herunter. Über uns hängt eine Box. In ihr scheint sich ein Beamer zu befinden. Dieser projiziert aktuell nur ein blaues Licht auf die Leinwand. Kurz darauf erscheinen Bilder. Aus den Ecken des Raumes kommt ein Ton, klassische, etwas beängstigende Musik.

Es werden Bilder aus der ganzen Welt gezeigt. Teilweise erinnere ich mich an Bilder von Ausschreitungen in Venezuela. Von der Lage dort weiß ich von einem Freund, der sich Sorgen um seine Familie und das zerbrechende System in seiner Heimat macht. Es sind Bilder von Demonstrationen, von Beamten, die schießen. Es werden Schlangen vor Supermärkten gezeigt, die eindeutig leer sind. Es werden kranke Leute gezeigt, geplünderte Geschäfte, leer Apotheken, Leichen. Teilweise sind die Bilder aus Venezuela, Kuba, China, Russland. Manche Bilder sind noch in schwarz-weiß. Das Bilderband endet mit einem jungen Mann in einer Stadt, der alleine und unbewaffnet vor einem Panzer steht.

Auf einmal beginnt eine dunkle männliche Stimme zu sprechen:

„Dies sind aktuelle und alte Bilder aus der ganzen Welt. Sie zeigen, wie sich das Schicksal der Menschen immer wiederholt. Über Generationen angehäuftes Wissen und Erfahrungen muss jede Generation leider erneut erfahren. Jede Generation denkt, sie wisse es besser. Die meisten Menschen müssen die Erfahrungen für sich selbst machen."

Der Kommentar macht eine kurze Pause und setzt fort: „Diese Rasse, die von sich glaubt, sie sei so intelligent, bringt immer wieder Leiden aus ähnlichen Gründen an seinesgleichen, aber auch in die Tier- und Pflanzenwelt. Die menschliche Rasse von sich aus denkt, sie sei im Stande, sozial und sozialistisch, oder sogar kommunistisch zu leben. Leider übersieht sie dabei aber den natürlichen Egoismus jedes Einzelnen und die Machtgier der eigenen Anhänger. Politische Ideologien werden golden verkauft. Man habe aus der Vergangenheit gelernt. Wenn ihr diese Partei wählt, wird es der breiten Masse besser gehen."

Jetzt werden Bilder aus Zeiten wirtschaftlicher Instabilität gezeigt.

Kommentiert wird dies wie folgt: „In Zeiten in denen die Wirtschaft in einen natürlichen und sich wiederholenden Abschwung, eine Rezession geht, gibt es eine größere Anzahl von Menschen die unzufrieden sind. Wenn zudem internationale Krisen das Zusammenleben beeinflussen, wird der Mensch aus dem Antrieb der vermeintlichen Nächstenliebe dahin gebracht, sozialistischer zu denken. Parteien mit sozialistischen Werten werden gewählt. Es wird übersehen, dass eine stabile Wirtschaft für das Wohl des Gemeinwesens grundlegend ist. Auf Grund der Vielfalt menschlicher Persönlichkeiten und Werte werden zeitweise leider auch der Fremdenhass und Protektionismus stärker propagiert, selbst zusammen mit dem Sozialismus. Genauso wird ignoriert, dass sozialistische Systeme als Vorstufe des Kommunismus die Wirtschaft regelmäßig an den Abgrund bringen. Der breiten Masse geht es noch schlechter erfahrungsgemäß schlechter, nur neigen negative Gedanken über Generationen hinweg leicht vergessen zu werden."

Die Stimme macht eine weitere mal längere Pause. Es laufen immer noch Bilder, teilweise Statistiken und Grafiken an der Leinwand. Wird hier eine Art Gehirnwäsche verübt? Ich meine, ok für mich, einen so großen Einfluss habe ich ja eh nicht.

Die Stimme setzt fort, „in vielen Ländern, wie auch in Venezuela im Jahr 1998 Gewann ein sozialistisches System an Macht. Konservative Stimmen dachten sich, so schlimm wird es schon nicht werden. Uns geht es schließlich gut. De Facto war Venezuela damals das reichste Land Lateinamerikas und ein Paradies für Touristen. Heute ist es das ärmste Land Lateinamerikas. Die Wirtschaft ist zerbrochen. Menschen hungern und sterben, sogar an einer vermeintlich harmlosen Grippe. Was schon nicht so schlimm werden würde, wurde schlimmer als jeder konservative oder liberale in Venezuela befürchtet hatte. Durch Vergabe von billigen Kleinstkrediten und Waffen an den armen Teil der Bevölkerung wurden über mehr als 20 Jahre die Stimmen gesichert, Wahlergebnisse teilweise trotzdem auch manipuliert. Über das Militär wurden politische Gegner verfolgt. Ähnlich sieht und sah es auch in anderen sozialistischen Systemen auf der ganzen Welt aus. Trotzdem kommt es immer wieder zu diesem Effekt."

Eine weitere Pause setzt ein. Inzwischen werden Bilder aus den USA und dem Nationalsozialismus gezeigt.

„Nicht in jedem Land siegt der Selbstmord einer Nation durch die Nächstenliebe in Krisenzeiten," setzt die Stimme fort. „Andere politische Systeme setzen eher auf Protektionismus, Abschottung und Fremdenhass. Minderheiten wie dunkelhäutigen, Latinos oder oft auch Juden wird die Schuld am eigenen Versagen gegeben. Auch diese Lösung wird auf lange Sicht zum Verderben einer Volkswirtschaft führen. Hass ist schließlich die dreckigste Form der Schaffung von Zusammenhalt und Erfolg. Wer Hass sät wird auch Hass ernten, egal ob sozialistisch orientiert oder nicht."

Jetzt wird das Gebäude gezeigt, in dem wir uns befinden. Es wird herangezoomt.

„Ihr hier in diesem Raum wurdet studiert, bewertet und ausgesucht, um euer Vaterland zu schützen. Auch hier in Deutschland ist es inzwischen so weit. Geschichte droht sich jetzt auch in Deutschland zu wiederholen. Aus den aktuellen Ereignissen und Erfahrungen auf der Welt wird nicht gelernt. Sie werden missachtet, sogar fahrlässig totgeredet. Eigentlich sollte diese Gefahr noch nicht so groß sein, wie sie aktuell ist. Leider haben wir das Verhalten der ökologischen Partei falsch eingeschätzt. Diese zeigt große Erfolge, sie auf den katastrophalen Folgen des Klimawandels basiert. Wir hätten aber nicht gedacht, dass die Mitglieder eine sozialistische Ausrichtung ihrer Ziele unterstützen. Die Gefahr ist größer als wir bisher angenommen haben. Aus diesem Grund haben wir euch hierher eingeladen."

Eingeladen? Wohl eher entführt, aus meiner Sicht. Die Tür öffnet sich und ein Mann mit Zigarre in der Hand kommt hinein.

Er sagt in derselben Stimme wie die vom Tonband: „Wie Ermittler in diesem Raum erfolgreich feststellen konnten, wurde das Attentat auf der Demonstration in Berlin im Auftrag radikaler Mitglieder der sozialistischen Partei im Parlament ausgeübt. Die Opfer, die durch einen Kopfschuss getötet wurden, wurden nicht durch den Zufall bestimmt. Sie waren kluge Köpfe, führende Mitglieder der Studentenorganisation der liberalen und konservativen Partei. Die Opfer waren Hoffnungsträger der Studentengruppierungen dieser Parteien. Ein weiteres Mitglied hatte sich glücklicherweise in letzter Sekunde zur Seite gedreht. Nach einem Streifschuss hat er sich auf den Boden geschmissen. Wir haben ihn in Sicherheit gebracht."

Er macht eine kurze Pause und stellt sich an den Kopf des Tisches. Der Beamer geht aus und das Licht geht an.

„Herzlich willkommen," sagt er und nimmt ein Weinglas, welches auf dem Tisch steht, „ich freue mich, euch, die fünf Blätter der gelben Tulpe hier willkommen zu heißen, hier in den verlorenen Gärten der Welt. Wir werden euch auf das vorbereiten, was auf euch zukommen wird. Sarah Schmitt, Hannah Bruns, Florian Neumann und Hakki Öztürk, Sie sind direkt vom BfV. Sie sind bereits sehr gut vorbereitet und vier der wenigen BfV Agenten, denen wir vertrauen. Auch Steffen Schmitt könnt ihr vertrauen. Er ist vielleicht weniger ein prädestinierter Agent, aber er ist ein verstecktes Genie. Er kann zur Blüte der gelben Tulpe werden, wenn wir ihn gut an die kommenden Aufgaben heranführen."

Er macht eine Pause. Dies nutze ich als Chance.

„Herr, Boss," beginne ich in nervösem und überhastetem Ton, „ich hoffe, ich darf Sie mal unterbrechen. Ich verstehe nicht ganz, weshalb ich hier bin. Ich bin Buchhalter und ganz sicher kein Genie."

Der Mann erklärt selbstsicher und laut, „einige unserer Psychologen haben auch Bedenken ausgesprochen, aber wie gesagt, vielen Leuten können wir nicht vertrauen. Technischen Geräten können wir nicht vertrauen. Mit all den Handys und Kameras haben der Geheimdienst und die Regierung fast überall Augen. Wir haben dies auch für unsere Zwecke genutzt. Wir haben Ihr Verhalten und ihre Kommentare ausgewertet und analysiert. So auch ihre Vergangenheit und ihre technische Affinität. Hannah wusste nichts von

Ihrer Observation, aber wir haben sie indirekt auf Sie angesetzt. Unsere künstliche Intelligenz hat für Ihre beiden Profile ein 100 prozentiges Matchmaking vorhergesagt. Im Club sollten Sie schließlich aufeinandertreffen und es hat gestimmt. Der Übergriff auf Sie an der Warschauer Straße wurde übrigens auch von radikalen Mitgliedern der sozialistischen Partei, der sogenannten GegenKa ausgeübt. Es sollte Ihr Handy sichergestellt werden. Diese hatten mitbekommen, dass wir Sie beobachten. Scheinbar wollten die verstehen, weshalb wir Sie beobachten. Auch um Sie in Sicherheit zu wissen, haben wir sie hier herbeordert. Wie es mit Ihnen weitergeht werden wir sehen."

Die Jalousien der Fenster fahren wieder hoch, als der Boss weitererzählt, „in den nächsten Tagen und Wochen werden wir Sie hier trainieren und ausbilden. Sie werden auf einen Einsatz auf unbestimmte Zeit vorbereitet. Nach Beendigung der Ausbildung werden Sie auch den Kapitalgeber dieser Einrichtung kennenlernen, aber hierzu demnächst dann mehr. Die Wachen werden Sie in Ihre Räume begleiten. Heute können Sie sich noch ein wenig einleben und umschauen, entspannen. Morgen um 6 Uhr beginnt dann die Ausbildung. Ich wünsche Ihnen eine gute Nacht."

Mit dem Glas in der Hand verlässt er wieder den Raum. Wir, die fünf Blätter stehen auf. Wir werden in einen Keller geführt, wohl einen alten Luftschutzbunker. Jeder bekommt sein eigenes in etwa 15 Quadratmeter großes Zimmer mit Bett, Schrank und Schreibtisch. Natürlich gibt es keine Fenster.

Ich betrete den Raum, packe meine Tasche auf das Bett und setze mich hin. Was ist hier jetzt heute passiert? Wo bin ich und was mache ich an diesem Ort? Ist es draußen in Berlin jetzt wirklich gefährlich für mich?

Nach wenigen Minuten kommt Hannah in meinen Raum und setzt sich neben mich.

„Steffen," sagt sie und legt ihre Hand auf mein Knie, „glaube mit, bitte, ich habe von all dem auch erst heute Morgen erfahren. Die Geheimhaltung ist zu unserer eigenen Sicherheit. Auf der Fahrt hierher durften wir nicht reden, weil wir nicht wussten, wer mithört. Die gesamte Situation spitzt sich gerade zu."

Ich schaue in ihre tiefbraunen Augen. Sie schaut besorgt aus. Es wirkt, als meint sie es ehrlich, aber kann ich ihr vertrauen? Ich hatte mir echt Hoffnung gemacht, es wäre so toll gewesen.

„Hannah," antworte ich in traurigem Ton, „ich weiß es nicht. Es hat sich gerade meine komplette Welt auf den Kopf gestellt und ich weiß nicht wo ich bin oder welche Rolle ich hier spiele, oder ob ich dir überhaupt vertrauen kann."

„Hey," unterbricht sie mich besorgt, „ich verstehe dich, aber du musst mir glauben, ich mag dich wirklich sehr und die letzten Tage waren magisch für mich. Wenn du Zeit brauchst, die gebe ich dir. Bitte gib mir eine Chance."

Sie streicht durch mein Haar und setzt fort, „normalerweise mache ich das nicht, aber wenn du magst, können wir uns heute ein Bett teilen."

„Normalerweise?" Hake ich nach, „Entführst du junge Männer regelmäßig?"

„Nein," antwortet sie erschrocken, „das meinte ich nicht. Im Einsatz teile ich normalerweise mit niemandem ein Bett."

„Ok," bestätige ich, „aber nicht heute Nacht. Ich glaube, ich bin lieber allein."

„Kein Problem," kommentiert sie nervös. „kommst du mit raus? Willst du spazieren gehen?"

„Nein," lehne ich ab, „lass mich bitte allein und schließe die Tür hinter dir. Ich will erst einmal verstehen, was hier passiert ist."

Mit gesenktem Kopf verlässt Hannah den Raum. Langsam und ohne Wort und schließt die Tür hinter sich. Ich sehe, wie es sie scheinbar berührt, dass ich sie jetzt kalt lasse. Mir selber geht es auch nicht gut dabei, aber weiß ich es halt nicht besser. Kann ich ihr vertrauen oder nicht? Wurde sie genau wie ich in diese Position gedrängt oder war sie aktiv? Was ist, wenn dies die Situation ist, die das Medium beschrieben hatte? Im Endeffekt hat mich Hannah gefunden. Vielleicht ist diese Entführung auch keine Entführung, sondern ein Ausweg. Ich weiß es nicht und kann darüber jetzt auch nicht entscheiden. Diese Gedanken plagen, aber ich lege mich hin und schlaf langsam, aber dennoch nervös ein. Was passiert hier bloß?

Die Ratten sind überall

Am nächsten Morgen um 6 werde ich von einem lauten Geräusch geweckt. Es ist ein langanhaltendes, heulendes Geräusch. Erst jetzt nehme ich die Lautsprecher wahr, die sich oben neben der Tür befinden. Das Geräusch ähnelt dem Geräusch von Sirenen, welche ich gehört habe, als ich das erste Mal in Tel Aviv im Urlaub war und Raketen auf die Stadt gefeuert wurden.

Damals wusste ich nicht was passiert. Israelische Freunde, die ich dort kennengelernt hatte, hatten mich mit in einen Luftschutzbunker gezogen. Dank des lokalen Raketenabwehrsystems ist beim Vorfall glücklicherweise nichts weiter passiert. In israelischen Nachrichten hatte ich anschließend nur gesehen, wie die Raketen in der Luft gesprengt wurden. Niemals hätte ich gedacht, dass ich jemals mit genau diesem Geräusch in Deutschland geweckt werden würde. All diese Erinnerungen an das Erlebte sind schon verrückt. Sollte mich das hier vor irgendwas warnen?

Nach kurzem setzt eine männliche Stimme ein und beginnt zu sagen, „guten Morgen und herzlich willkommen ihr Rekruten der gelben Tulpe. Heute ist der erste Tag vom Rest eures Lebens. Dies ist euer erster Tag der Ausbildung zur Verteidigung von Demokratie und Rechtschaffenheit in unserem Land. Bitte versammelt euch im Innenhof. Alles Nähere folgt dann"

So setze ich mich langsam auf und stehe auf. Erst jetzt realisiere ich diese unglaubliche Dunkelheit in diesem Raum im Bunker. Vorsichtig taste ich mich an eine Lampe, welche neben dem Bett steht. Ich stehe auf und humple ins Bad. Wenigstens hat jeder Raum sein eigenes Bad. Außer einer Toilette und dem Waschbecken gibt es hier aber nichts. Ich mache mich kurz frisch und öffne die Tür zum Flur. Nach rechts sehe ich bereits Personen gehen.

Vor mir steht eine Wache. Sie kommentiert, „ja, nach rechts bitte."

Also gehe ich nach rechts. Widerstand wird hier wohl kaum Sinn machen. Vor mir glaube ich Hannah von hinten zu erkennen. Ein glücklicher Schritt sieht anders aus. Vielleicht, oder hoffentlich lerne ich wieder, ihr zu vertrauen.

Auf einmal fasst mir jemand von hinten auf die Schulter.

„Steffen, ich hoffe du hast gut geschlafen," sagt Florian mit einem Lächeln im Gesicht.

„Ja, naja, geschlafen habe ich irgendwie," antworte ich ganz nüchtern.

„Ich verstehe, all die Überraschung und der Schock. Dich hat es hier ja wirklich kalt erwischt," äußert sich Florian, „aber mach dir keine Sorge. Du bist hier nicht in Gefahr und du wirst auch nicht raus aufs Feld müssen. Der freie Wille ist den Gründern dieser Organisation wichtig. Du wurdest lediglich ausgewählt, eine Chance zu erhalten, etwas zu verändern. Wenn du nicht willst wirst du einen NDA unterschreiben müssen und dann kannst du nach Hause. Und achja, Hannah wusste wirklich nichts davon, dass sie dich rekrutiert. Sie war gestern Morgen in der Sitzung echt überrascht, um nicht zu sagen geschockt, als sie es erfahren hat. Sei bitte nicht so hart zu ihr."

Vorsichtig schaue ich rüber und nuschle, „danke, ja, alles ist neu hier und unerwartet. Was ist denn ein NDA?"

„Ein NDA ist ein Non-Disclosure Agreement," erklärt Florian, „darin bestätigst du im Grunde genommen, dass du niemandem von dem erzählst was hier passiert oder was du gehört hast."

Naja, ganz so schlecht hört sich das alles ja nicht an. Mal sehen, was mich hier jetzt erwartet. Zusammen gehen wir in den Innenhof des Gebäudekomplexes.

Draußen angekommen ist die Sonne bereits aufgegangen. Der Innenhof ist allerdings noch vollkommen vom Schatten regiert. Morgentau bedeckt die Grashalme und Blumen am Boden. Es herrscht eine gewisse Morgenfrische an diesem spätsommerlichen morgen.

Mit jedem Atemzug atme ich eine unglaublich reine Luft ein. Diese Luftqualität erreiche ich in Berlin nie, maximal in einem der Wälder. Also atme ich tief ein und versuche, zu entspannen, im hier und jetzt zu sein. Wenn Florian Recht hat, habe ich keinen

Grund, nervös zu sein oder mir Angst zu machen. Ich kann für mich selber eine Entscheidung treffen.

„Noch einmal Willkommen," begrüßt uns der Mann von gestern. „Ich habe mich gestern gar nicht namentlich vorgestellt. Ich bin General Gustav von Hohenschmälern. Ich werde Ihre Ausbildung leiten. Je nach Status und Ziel Ihres Profils wird die Ausbildung verschiedene Schwerpunkte haben. Jeden Morgen werden wir aber alle mit einem Sportprogramm beginnen. Sie werden technische und methodische Kenntnisse erlernen, die wir zum Erfolg des Projektes benötigen. Dennoch muss uns auch bewusst sein, dass jeder von uns einem gewissen Risiko ausgesetzt ist. Ähnlich wie Anhänger nicht regierender politischer Parteien werden wir als Feindbild angesehen. Aus diesem Grund werden wir jeden von euch am Ende des Tages und am Ende der ersten Woche fragen, ob ihr weitermachen wollt oder nicht. Der freie Wille gehört schließlich zur freien Welt genau wie die freie Entscheidung, sowie die Grundrechte auf privatem Eigentum und es sich zu erarbeiten. Diese Freiheit ist das was akut in Gefahr ist und wofür wir kämpfen. Jetzt aber erst einmal los. Leutnant Kowalski wird euch durch die erste Trainingseinheit begleiten."

Geschlossen folgen wir dem Leutnant. Er führt uns zunächst in einen Raum, in dem wir Uniformen erhalten. Ich als Wehrdienstverweigerer hätte niemals gedacht, dass ich einmal etwas wie eine militärische

Uniform tragen würde. Diese Uniformen sehen allerdings nicht aus, als kommen sie von der Bundeswehr. Sie sind eher dunkelgrau.

Beim Warten auf meine Uniform fasst Hannah meine Hand und schaut mir tief in meine Augen. Vielleicht ist sie ja genau wie ich in diesen Flirt hineingerutscht. Vielleicht hat sie mich wirklich angesprochen, beziehungsweise angetanzt, weil sie mich interessant findet. Dies hier, diese Ausbildung kann uns noch näher zusammenbringen. Sie kann uns zeigen, wie sehr wir einander vertrauen können. Ich drücke ihre Hand etwas fester. Sie lächelt.

Nach kurzem erhalten wir dann auch unsere Uniformen. Hannah und ich gehen gemeinsam in einen Raum zum Umziehen. Zu aller erst geben wir uns aber eine feste Umarmung, die wir dringend brauchten.

„Ich mag dich wirklich," flüstert Hannah.

„Ich dich auch," erwidere ich, etwas nüchtern und noch immer zweifelnd.

Wir ziehen uns um und schließen uns den anderen wieder an. Der Leutnant führt uns außerhalb des Gebäudes. Wir laufen einem kaum sichtbaren schmalen Feldweg entlang in einen Wald hinein. Nach den ersten Bäumen gelangen wir an einen etwa drei Meter hohen Zaun mit Stacheldraht am oberen Ende. Durch eine kaum sichtbare Tür gehen wir hindurch, noch tiefer in den Wald hinein.

Der Morgentau hat den Boden hier noch einiges feuchter hinterlassen als im Innenhof. Hin und wieder rutsche ich weg, wenn ich zum Beispiel auf feuchtes Mos oder nasse Wurzeln der umliegenden Bäume trete.

Hier im Wald hören wir bereits so früh am Morgen den Gesang unzähliger Vögel. In den Bäumen erkenne ich manchmal Eichhörnchen von Ast zu Ast springen. Selbst scheue Füchse und Hasen geben dieser Umgebung einen gewissen Frieden der Natur. Hier fühle ich mich weit weg von den Problemen, die im Gebäude propagiert wurden.

Nach weiteren Minuten des Laufens gelangen wir an eine Stelle des Waldes, der einen Trainings-Parcours versteckt. Verschiedene Geräte und landschaftliche Eigenarten werden genutzt, um den gesamten Körper zu trainieren.

Für einige Stunden trainieren wir an diesem Ort, abgeschottet von der gefühlten Unterdrückung im Gebäude. Irgendwann werden uns auch verschiedene Körbe mit Frühstück gebracht.

Hannah schnappt sich einen und zieht mich mit sich in den Wald. Nach kurzem Gehen erreichen wir eine Bank im Wald. Von der Bank aus haben wir einen wunderschönen Blick auf einen natürlichen See inmitten des Waldes. Dieser ist versteckt vom Laub der Bäume, die ihn umgeben. Hin und wieder kämpfen sich bereits erste Sonnenstrahlen durch das dichte

Laub hindurch und erzeugen ein grünlich braunes Leuchten auf der Oberfläche des Sees.

Hannah und ich sitzen nebeneinander, essen Obst und Früchte und genießen einfach nur die Zweisamkeit.

Plötzlich hören wir aus dem Wald heraus Äste brechen. Jemand oder etwas stapft durch den Wald. Hannah legt einen Zeigefinger auf ihre wundervollen Lippen. Sie gibt so ein Zeichen, ruhig zu sein und setzt sich mit der Brust zu mir auf meinen Schoß.

Sie legt ihren Kopf auf meine Schulter und flüstert, „es wird hier wohl nichts sein, aber siehe das als Übung. Als Tarnung machen wir miteinander rum, während unsere volle Aufmerksamkeit auf der Umgebung liegt. Dies können Tiere sein. Wir flüstern uns zu, was wir sehen, ok?"

Das klingt mal spannend und verspielt, nimmt vielleicht ein wenig Anspannung von mir und aus der gesamten Situation.

„Gerne," bestätige ich.

Hannah küsst mich liebevoll, bevor sie loslegt, „dahinten in zweihundert Metern Entfernung erkenne ich einen Hasen, vermutlich eine Mutter, die gerade mit ihren Kindern durch den Wald läuft. Sie hüpfen. Die Kinder folgen ihr, sie dreht sich immer wieder nach den Jungen um. Was siehst du?"

Ja, was sehe ich hier? Ihr Körper so nah bei mir raubt jegliche Aufmerksamkeit von der Umgebung.

Ich kann an nichts anderes denken, als an sie und ich denke, alleine um eine Chance mit ihr zu haben, werde ich wohl hierbleiben, wertvolle Zeit mit ihr verbringen.

„Siehst du nichts?" hakt Hannah nach, „siehe genau hin und du wirst unglaubliche Welten entdecken. Lerne, deinen Fokus zu konzentrieren."

„Um ehrlich zu sein," antworte ich, „kann ich an nichts anderes denken als ans letzte Wochenende, daran, dir ganz nahe zu sein."

„Psst," übertönt sie mich und bittet mich ruhig zu sein. „was ist das da hinten? Ist das Hakki? Wieso hat er ein Telefon oder Funkgerät oder was das ist?"

Vorsichtig steht sie auf und bittet mich flüsternd, „bleibe bitte hier, verhalte dich unauffällig, ich gehe mal näher ran."

Noch immer high von ihrer Nähe und ihrem Körper lege ich mich auf die hölzerne und unebene Bank. Am unteren Ende der Rückenlehne kann ich nach hinten durchschauen.

Ja, dahinten in einigen hundert Metern Entfernung sehe auch ich die markante Glatze von Hakki und ja, er scheint ein kleines Gerät in der Hand zu haben und zu reden. Von hier aus erkenne ich auch, wie sich Hannah ihm vorsichtig von der Seite nähert. Was macht er bloß und was ist mit Hannah? Was macht Hakki mit ihr, wenn er sie erwischt?

Was ist aber, wenn er mich erkennt? Wenn er sieht, dass ich hier alleine Sitze. Wäre das nicht ein wenig auffällig? Könnte ich Hannah so verraten?

Langsam nehme ich den Korb und gehe runter von der Bank, in Richtung Ufer des Sees. Glücklicherweise liegt der See etwas tiefer als die Umgebung. Ich lege mich ans Ufer. Meine Beine sind allerdings bereits unter Wasser. Von meiner Position aus kann ich Hakki immer noch von unterhalb der Bank erkennen. Um etwas weniger aufzufallen, überhäufe ich mich mit Laub und verhalte mich ruhig.

Hannah hat sich inzwischen stark an Hakki angenähert. Sie greift nicht ein, lauscht lediglich.

Auf einmal erkenne ich, wie Hakki auf mich zu kommt. Mit jedem Meter, den er sich annähert, werde ich nervöser und verschwinde schließlich vollkommen in den See.

Dieser kleine See ist nicht tief. Das Wasser ist voller Laub und riecht etwas streng. Vorsichtig krieche ich durch den See um die Ecke, Ich verlasse das Wasser und verstecke mich hinter einen dichten Busch. Ich verhalte mich ruhig. Hakki erkenne ich nicht mehr, Hannah auch nicht, aber wenn ich Hakki nicht sehe, erkennt er mich hoffentlich auch nicht. Ist er ein Spitzel? Ein Doppelagent? Ich werde nervös und mache zunächst einmal nichts. Wie geht es bloß weiter?

Vollkommen unerwartet greift mich auf einmal von hinten jemand an die Schulter. Ich erschrecke etwas. Hannah greift aber sofort meinen Mund mit ihrer

Hand. Sie ist vollkommen fokussiert und gibt mir ein Zeichen. Scheinbar will sie etwas tiefer in den Wald verschwinden. Ich folge ihr vorsichtig.

Über einen Umweg gehen wir zurück zum Parcours, wo sie direkt mit dem Leutnant spricht. Ich hingegen muss mich erst einmal hinsetzen. Da ist zu viel Adrenalin in meinem Blut.

Nach kurzer Zeit kommt Hannah zu mir, legt ihren Arm um mich und flüstert, „ok, ich will ehrlich mit dir sein und dir zeigen, dass du mir vertrauen kannst. Hakki ist scheinbar ein Maulwurf. Er kommt von der gegnerischen politischen Seite und berichtet auch dorthin. Irgendwie hat er ein Kommunikationsgerät hierhin eingeschleust. Lass dir aber nicht anmerken, dass du Bescheid weißt. Wir werden ihn mit falschen Informationen füttern. Verhalte dich ganz normal. Je weniger Leute davon wissen, desto besser."

Als ob nichts passiert sei, trainieren wir weiter. Meine durchnässte Kleidung erklären wir dadurch, dass ich ausgerutscht und in einen See gefallen bin. Dabei haben wir dann auch den Korb am Ufer vergessen. Hakki scheint keinen Verdacht geschöpft zu haben. Sarah und Florian genau so wenig. Für alle scheinen wir das frisch verliebte Paar zu sein, welches wir glücklicherweise ja auch sind.

Die Trainingseinheiten beenden wir erst am Mittag. Am Nachmittag haben wir eine technische Ausbildung. Am Abend beobachten wir andere Agenten bei ihren Einsätzen über Kameras und Mikrofone. Mit den Agenten unterhalten können wir uns aber nicht. Deshalb weiß ich gar nicht, ob sie von uns wissen oder nicht.

Der Einsatz meines Agenten ist definitiv ein Undercover Einsatz. Jemand ist vollkommen in der Rigaer Straße in Berlin abgetaucht. Ich wundere mich nur, wie der Agent Kamera und Ausrüstung dort mit hineingeschleust hat.

Explosionen am Horizont

Auf diese Weise leben wir die nächsten Wochen: morgens Sport, nachmittags IT, abends spionieren und nachts, ja, nachts die traute Zweisamkeit. Natürlich habe ich mich dazu entscheiden, hier zu bleiben, mit Hannah zu sein. Bei Hannah fühle ich mich sicher und sie verzaubert mich ganz einfach mit ihrem Wesen. Jede Sekunde mit ihr ist jede Anstrengung des Tages wert. So werde ich langsam, aber sicher Teil des Teams. Die Mitglieder respektieren mich an jedem Tag ein wenig mehr, sogar Hakki, der einzige hier, dem ich natürlich nicht vertraue.

An einem Abend soll schließlich mit der Unterstützung freiwilliger internationaler Sondereinheiten die versteckte Zentrale der sozialistischen Partei und der GegenKa hochgenommen werden. Hannah und ich beobachten zusammen einen Einsatz, der wohl in Berlin Buch stattfindet. Ein für lange Zeit verloren geglaubter und doch verdeckt wiedergefundener Geheimagent namens Michael Pfeiffer hat es mit seinem Team geschafft, diese geheime Hauptzentrale der terroristischen Zelle der sozialistischen Partei ausfindig zu machen. Er selber koordiniert lediglich den Einsatz aus einem Transporter heraus. Immer wieder tauchen überall sich kreuzende rote Flaggen auf, die im Wind wehen.

Agent Pfeiffer hatte zuvor aufgedeckt, wie aus Russland heraus über das Internet und andere Propaganda-Materialien die Meinung der Öffentlichkeit beeinflusst wurde. Die Einblicke, die ich hier in meiner Ausbildung gewinne, sind teilweise erschreckend. Ich selber will sie nicht wahrhaben. Sozialistische Parteien gewinnen mit Hilfe an Gehirnwäsche grenzende Methoden International immer größeren Einfluss. Finanziert wird alles durch Oligarchen, die auf diese Weise ihr eigenes Land stärken und an auch international an Macht und Einfluss gewinnen wollen.

Der Einsatz in Buch verläuft holprig. Die Einsatztruppen sind sorgfältig ausgewählt. Es beginnt lediglich ein kleines Kernteam. In dieser kritischen Phase darf nichts dem Zufall überlassen werden. Dies ist eine der wenigen Chancen, Beweismaterialien dafür zu sichern, dass es eine linksradikale terroristische Organisation namens GegenKa gibt. Möglicherweise finden wir sogar Materialien die beweisen, dass hochrangige deutsche Politiker oder ausländische Oligarchen diese Gruppierung unterstützen oder finanzieren.

Nicht ohne Opfer aber mit ersten gesicherten Beweismaterialien wird der Einsatz zum kleinen Erfolg. Zwischenzeitig war sogar der Live-Mitschnitt einiger Agenten ausgefallen, weil sie im alten Luftschutzbunker waren. Bei diesem Einsatz habe ich sogar gelernt, dass es tatsächlich Agenten von Spezialeinheiten der Europol gibt, die mit Hilfe von Micro-Chips im Kopf irgendwie telepathisch kommunizieren.

Am nächsten Tag geht es für dasselbe Team dann zu einem Einsatz in Bunkeranlagen unterhalb des ehemaligen Flughafens in Berlin Tempelhof. Die gesicherten Beweismittel sind unglaublich. Einige Politiker werden dort sogar gefunden. Auch bei diesem Einsatz gibt es dennoch auch einige Opfer zu bedauern.

Auf den Straßen hingegen erzählt Florian davon, dass die Menschen im Aufruhr sind die letzten Tage. Sie werden wohl angeheizt von den Parteien und der GegenKa. Die sozialistische Bewegung auf den Straßen wird immer mächtiger.

Hakki erfährt und sieht nichts von den Einsätzen. Er ist mit dem Leutnant in einem separaten Raum und erhält lediglich Informationen über einen angeblich geplanten finalen Schlag im Herzens Berlin, einem Gebäude, in dem wir angeblich die Zentrale der GegenKa vermutet.

Wie dem auch sei, die echten Einsätze führen zu guten Resultaten. Nach dem Einsatz unterhalb des ehemaligen Flughafens Tempelhofs wurde allerdings ein Konvoi mit festgenommenen Gegnern der Demokratie und der Rechtschaffenheit attackiert, die Häftlinge befreit.

Am folgenden Mittag werden wir dann beruhigt, alles sei unter Kontrolle, die entflohenen Politiker und Terroristen wurden wieder gefasst.

Mit dem Hakki verkauftem angeblich finalem Schlag sollen dann auch weitere letzte Bemühungen der sozialistischen Partei zerschlagen werden. Dies soll der letzte psychologische Schlag sein, um die Zellen des linken Terrors in seine Schranken zu weisen.

So sitzen wir geschlossen vor den Monitoren. Irgendwie sind wir alle beruhigt, dass wir nicht mehr in den Einsatz ziehen werden müssen, um die die Partei zu zerschlagen. Falls wir noch in den Einsatz müssen, dann lediglich zum Aufräumen. Vielleicht werde ich auch einfach in meinen normalen Buchhalter-Job zurückkehren. Wir werden sehen, was die Zukunft bringt.

Auf den Monitoren erkenne ich, wie unsere verbündeten einen Einsatz vortäuschen, hineinstürmen. Andere Kräfte positionieren sich in den gegenüberliegenden Gebäuden an strategischen Positionen. Sie warten darauf, dass die GegenKa eingreift.

Auf einmal übernimmt eine Person mit Maske und verzerrter Stimme alle Monitore bei uns im Raum.

Diese Person sagt, „ihr habt auch mit den falschen Leuten angelegt. Ihr stecht nicht einfach ohne Konsequenzen in ein Bienennest. Die roten Fahnen müssen wehen und sie werden auch weiterhin wehen. Während eure Einsatzkräfte in den Gebäuden auf uns warten, sind wir dabei, unsere Männer erneut zu befreien, eure Beweise zu vernichten und ihr könnt nichts daran ändern. Eure Erfolgsgeschichte wird ein Ende finden. Ihr werdet als Feinde des Vaterlandes als Terroristen verfolgt werden. Diverse Medienberichte sind bereits veröffentlicht. Als Krönung werden wir jetzt einen ganzen Wohnblock in die Luft sprengen. Dieser Wohnblock beinhaltet die Gebäude, in denen eure Verbündeten auf uns warten. Das Beste ist, ihr werdet jetzt live zuschauen wie sie leiden."

Einige Bildschirme wechseln wieder zu Einsatzkräften vor Ort, andere zu Drohnen, die nicht zu uns gehören. Der Leutnant verlässt nervös den Raum. Vermutlich versucht er, jemanden zu erreichen. Hakki wird auf einmal super nervös, so aber auch die anderen.

Plötzlich sind in sämtlichen gezeigten Gebäuden Explosionen zu sehen. Die Kameras der Einsatzkräfte fallen aus. Kurz danach auch die Bilder der Drohnen. Alle Monitore schalten auf blau.

Eine drückende Stille dominierend jetzt den Raum. Niemand sagt einen Ton. Wir alle sind geschockt. Lediglich Hakki fängt auf einmal an zu weinen. Er scheint, einen Nervenzusammenbruch zu erleiden. Sarah und Florian kümmern sich sofort um ihn, versuchen, ihn zu beruhigen.

Auf einmal geht das Licht an. Der General und der Leutnant kommen mit Wachen hinein. Die Wachen nehmen Hakki fest. Sie bringen ihn weg.

Uns anderen erklärt der General: „Die Aussagen der Terroristen haben sich bewahrheitet. Es gab Explosionen in der Stadt. Die Häftlinge sind auf wundersame Weise aus den Gefängnissen entkommen. Das Gebäude mit den Beweismitteln ist ebenfalls explodiert. In den Medien wird von Angriffen auf das

Rechtssystem berichtet. Gestern festgenommene Politiker sind zu Interviews angetreten und berichten von Putsch-Versuchen. Rechtsextreme Terroristen hätten versucht, den Rechtsstaat zu untermauern. Von unseren Spitzeln in den Reihen der GegenKa haben wir erfahren, dass sie sich auf einen landesinternen Krieg vorbereiten. Polizei, Sondereinsatzkommandos, sogar das Militär werden aktiviert. Ein paar unserer Spitzel wurden sogar enttarnt."

Der General nimmt einen Schluck Wasser, atmet einmal tief aus und erklärt weiter: „Meine Damen und Herren, wir befinden uns im Krieg. Wir müssen davon ausgehen, dass dieser Krieg nicht physisch, sondern vor allem auch in den Medien geführt wird. Selbst die Öffentlichkeit wird so auf uns angesetzt. Sarah, Hannah, Florian und Steffen, ihr werdet zunächst einmal abtauchen müssen."

Er schaut einmal in die Runde und setzt fort: „Hakki hat uns bespitzelt, aber wir haben mitgehört. Er hat bisher nichts über euch verraten. Es scheint, als sei er in diese Situation gedrängt worden. Seine Familie wurde entführt. Er wurde erpresst. Dennoch hat er sich aktiv gegen uns gewendet. Aus diesem Grund werden wir ihn zunächst einmal hierbehalten. Ihr vier werdet mit dem Hubschrauber an einen anderen Ort gebracht. Dort taucht ihr zunächst einmal als Touristen unter, bevor wir euch kontaktieren. Zum Kontaktaufbau bekommt ihr saubere Mobiltelefone. Schaltet diese bitte nur abends für etwa 10 Minute ein. Dies sollte ausreichen, um Nachrichten zu empfangen. Die

Telefone verfügen weder über GPS noch über Internet. Sie sind alt, kommen aus Zeiten vor all dem, als die Welt noch in Ordnung war. Die Sim-Karten sind Prepaid-Karten. Bis bald und viel Erfolg."

Wachen reichen uns daraufhin alte Mobiltelefone, vermutlich aus den 1990ern.

Der General ergänzt, „übrigens, während des Abtauchens, gebt euch als Paare aus. Vermeidet Emotionen zu externen. Traut niemandem außer euch vieren."

Unmittelbar und hastig verlässt der General in Folge dessen den Raumen. Die Wachen führen uns in den Innenhof, wo in genau diesem Moment ein Hubschrauber landet, wie der, mit dem wir angekommen sind. Nach der Landung betreten wir den Hubschrauber.

Ich sitze eng neben Hannah, wo ich ihre Hand greife. Als wir abheben lehnt sie ihren Kopf an meinen. Einige hundert Meter in der Luft nehmen wir auf einmal ein lauter werdendes Zischen wahr. Kurz darauf folgt eine Explosion. Das Gebäude, in dem wir uns gerade noch befanden. Es scheint, als wurde das Gebäude von einer Rakete getroffen. Es steht in Trümmern und Flammen.

Was ist hier gerade passiert? Sind wir wirklich im Krieg? Sind wir die Bösen, die Terroristen?

Auf einmal gerät auch der Hubschrauber ins Trudeln. Aus dem Cockpit nehme ich seltsame piepende

Geräusche wahr, als ich über uns schwarzen qualm erkenne.

„Haltet euch fest, wir gehen runter," schallt es aus dem Cockpit, kurz bevor wir drastisch an Höhe verlieren und wir im Helikopter in den Bäumen verschwinden.

Die Suche nach Sicherheit

Vorsichtig öffne ich meine Augen. Letzte Strahlen des Sonnenuntergangs schwimmen durch das Geäst von Bäumen hindurch in mein Auge. Es riecht hier nach Benzin und Feuer. Wo bin ich und was ist hier passiert? Ist das jetzt echt wahr? Ich will meinen Schreibtischjob zurück.

Bei Versuchen mich zu bewegen, verspüre ich unglaubliche Schmerzen tief in meinen Knochen. Unter mir ist feuchtes Laub. Ich liege im Wald. Über mir in den Bäumen hängt ein Helikopter. Die Fenster sind erschlagen. Pilot und Co-Pilot sind noch auf ihren Plätzen, hängen im Gurt. Blut tropft die Stirn herunter. Ist das jetzt wirklich passiert?

Die letzten Wochen fühlten sich eher wie ein Traum an. Es war eine spannende und lustige Zeit zusammen: Hannah und ich und die anderen zwei. Mit viel Bewegung und Lernen bin ich in eine andere, eine neue Art zu leben gerutscht. Ist das alles jetzt mein neues Leben? Werde ich, werden wir verfolgt? Wo sind die anderen?

Vorsichtig dreh ich mich zur Seite, als ich auf einmal das Knacken von Ästen höre. Nervös lass ich mich zurückfallen. Sollte ich mich am besten totstellen? Was ist, wenn die Attentäter sicherstellen wollen, dass wir tot sind? Suchen die uns? Wo sind eigentlich die anderen?

Das Atmen halte ich auf einem Minimum. Ich schließe meine Augen. Das Rascheln von sich bewegenden Ästen wird lauter. Mein Herz spielt mindestens genauso verrückt wie meine Gedanken.

Plötzlich nehme ich auch Fußstapfen wahr. Jemand oder etwas kommt näher. Ich strenge mich an, mich kaum zu bewegen, versuche zu meditieren, aber die Nervosität treibt mich in den Wahnsinn. Ich bin echt nicht für den Scheiß hier gemacht.

Auf einmal werden die Schritte schneller. Sie bringen mehr Laub zum Rascheln. Zeitgleich höre ich ein Atmen näherkommen. Oh mein Gott, hoffentlich bin ich sicher,

Ich spüre wie plötzlich Blätter hastig meine rechte Hand streifen. Parallel höre ich den sanften, dumpfen Ton eines Aufpralls neben mir. Etwas, vermutlich Knie rammen in den mir Laub bedeckten Boden an meiner Seite. Sanfte Hände berühren meinen Hals. Als fast zeitgleich ein kühler Tropfen auf meiner rechten Hand landet, zucke ich zusammen. Soll es das gewesen sein?

Jetzt kann ich nichts mehr verstecken. Hastig öffne ich die Augen und drehe mich zur Seite weg, bevor ich erkenne, das war Sarah.

Sie schaut mich an, legt ihren Zeigefinger auf ihre Lippen und flüstert, „bleib ruhig. Hannah und Florian liegen nur etwas weiter von hier, aber noch bewusstlos. Die Piloten hat es erwischt, aber wir sind am Leben."

Beruhigt atme ich auf und antworte sehr leise, „danke Sarah, was jetzt?"

Sarah erwidert, „jetzt müssen wir sehen, wie wir die anderen beiden aufwecken und abtauchen. Wir sind in akuter Gefahr."

Zusammen gehen wir langsam zu den anderen. Hannah blutet am Kopf, Florian auch, aber es scheint als hätten wir Glück im Unglück gehabt.

Vorsichtig nähere ich mich Hannah, berühre ihre Stirn, ihre Wangen und Lippen. Vielleicht kann ich sie ja wach küssen, wie im Märchen und dann sind wir für immer verbunden.

So berühre ich ihre Lippen mit meinen, küsse sie sanft, aber nichts passiert. Die einzige Bewegung, welche ich von ihr wahrnehme, ist der Atem, den ich auf meinen Lippen gespürt habe, kurz bevor ich sie küsste. Ich streiche durch ihr Haar. Da liegt sie, die Frau, die ich liebe, mit der ich durch dick und dünn gehe, mit der ich mich zu lange gestritten habe, anstatt ihr zu vertrauen, zu glauben. Sie wollte mich nicht in diese Situation bringen. Jetzt hätte ich sie fast verloren, da merke ich: Egal was passiert, in welche Situation ich geraten sollte oder ob ich verletzt werde, das ist mir alles total egal, solange es ihr gut geht.

Vorsichtig rüttle ich ihren Körper als mich Sarah warnt, „mach das besser nicht. Wir kennen den Zustand ihrer Wirbelsäule nicht. Lass sie ruhig liegen."

Also lasse ich sie dort im Frieden liegen und schaue sie mir nur an. Dort liegt sie, mein Herz, und ich weiß nicht wann und ob es wieder zu schlagen beginnt.

„Sarah, Steffen?" höre ich eine männliche Stimme von der Seite.

„Psst," gibt Sarah unmittelbar von sich, „wir müssen leise sein, vorsichtig. Wir müssen abtauchen."

Vorsichtig setzt sich Florian auf. Und steht auf. Er unterhält sich leise mit Sarah, während ich mich hier um meine Hannah sorge.

Nach wenigen Minuten kommen Sarah und Florian mit etwas in der Hand auf uns zu. Sie haben aus Materialien aus dem Wald und dem Helikopter eine Liege gebastelt.

Vorsichtig legen wir Hannah auf die Liege. Florian und ich tragen sie. Ich gehe dabei hinten. Sarah geht vor und wir wandern, weg von der Absturzstelle und weg vom Trainings-Camp.

Wir stapfen durch das Laub in eine ungewisse Zukunft. Jederzeit könnten wir von Feinden gefunden werden. Es nützt aber nichts. Um zu überleben, müssen wir fliehen.

Kurze Zeit später ist es schon dunkel. Glückicherweise ist es kaum bedeckt in dieser Nacht, sodass wir das Licht des Vollmondes und der Sterne zur Orientierung nutzen können. Selbst in der Dunkelheit ist die heutige Nacht eine durchaus helle Nacht.

Die innere Anspannung lässt mich kaum die Kühle der Nacht wahrnehmen. Nicht zu wissen was kommt und wann Hannah aufwachen wird, ob sie aufwachen wird, nagt an meinen Nerven.

Hin und wieder bekomme ich eine leichte Panikattacke. Der Atem wird hastig und kurzatmig. Mein Herz schlägt schneller und die Gedanken spielen verrückt. Zudem kullern immer wieder tränen herunter, in den Waldboden.

Auch Florian und Sarah schauen manchmal besorgt zurück, aber wir gehen weiter, müssen weitergehen, haben ja keine andere Wahl.

Nach einigen Stunden gelangen wir dann an eine Lichtung mit einer Hütte. Die Lichter sind aus.

Sarah flüstert, „legt sie ab und verhaltet euch ruhig. Ich schaue mal, ob wir in der Hütte übernachten können."

Auf den Vorschlag hin legen wir Hannah auf der Liege am Boden ab. Sarah schleicht sich vorsichtig an die Hütte heran.

Zuerst geht sie vorsichtig um die Holzhütte herum. Die Hütte sieht wie eine Jagdhütte aus. Außen herum liegen teilweise Munitionshüllen. An einer Stelle liegen mehrere wahrscheinlich leere Bierflaschen. An einer anderen Stelle scheint kürzlich ein Lagerfeuer gebrannt zu haben. Es qualmt nicht mehr, aber sieht dennoch recht frisch aus.

Hat sich heute Abend hier jemand betrunken? Was ist, wenn der betrunkene Jäger wach wird und vielleicht sogar auf Sarah schießt?

Sarah schaut sehr vorsichtig durch jedes Fenster, bevor sie wieder bei der Tür ankommt. Scheinbar durch Bewegungssensoren gesteuert geht auf einmal ein Licht vor der Hütte an. Sarah hastet zurück an die Seite der Hütte. Sie schaut durch einzelne Fenster, bevor sie zur Tür zurückkehrt und sie langsam öffnet. Nach wenigen Sekunden verschwindet sie in der Hütte.

Ich schaue unsicher und nervös zu Florian, der sich gerade, ähnlich wie in der Kirche, ein Kreuz über den Körper zeichnet. Er scheint in der Dunkelheit dieselben Zeichen der Gefahren erkannt zu haben. So habe ich ihn noch nie erlebt. Er ist scheinbar gläubig. Ich konnte mich nicht mit einem Glauben identifizieren. Ihm scheint der Glaube Stärke und Sicherheit zu geben.

Etwas später geht in der Hütte ein Licht an. Florian und ich zucken zusammen. Durch die Fenster erkennen wir, wie sich Sarah langsam von Raum zu Raum durchkämpft.

In der Ferne höre ich, wie etwas scheinbar zu Boden Feld. Es war ein dumpfer Knall und kommt aus Richtung der Hütte.

Ich zucke zusammen. Florian steht urplötzlich auf und läuft zur Seite, um aus einem anderen Winkel durch die Fenster zu schauen.

Mich kriegt hier ohne Hannah aber nichts weg, ich will sie nicht wieder allein oder in Stich lassen, sondern für sie da sein, mit ihr sein.

Nach kurzer Zeit gibt mir Florian die Daumen hoch als Zeichen. Scheinbar ist alles gut. Vielleicht hat Sarah nur etwas umgestoßen.

Wenige Minuten später kommt Sarah aus dem Haus und gibt uns ein Zeichen. Scheinbar sollen wir dort hinkommen.

Florian kommt zurück zu mir. Wir beide nehmen Hannah mit uns. Recht zügig laufen wir zur Hütte und hinein.

An den Wänden hängen teilweise Geweihe. In einem Raum gibt es eine Bar und einen langen Tisch sowie Bänke an den Seiten. Sarah holt bereits Sachen aus dem Kühlschrank und stellt sie auf den Tresen.

Wir legen die Liege mit Hannah zunächst einmal auf dem Tisch ab und nehmen uns was zu essen und trinken. An der Seite steht ein großer Topf mit Suppe. Der Topf ist noch warm.

„Bist du sicher, dass niemand hier ist?" Frage ich Sarah.

Sarah nickt, „selbst nachdem mir die Statue eines Jägers heruntergefallen ist, hat sich niemand gemeldet, nichts bewegt. Außerdem war ich in jedem einzelnen Raum."

Ich schaue mich weiter um. Ein Geschirrspüler scheint am Laufen zu sein. Wer auch immer hier war ist noch nicht lange weg, denke ich mir.

Langsam durchforste auch ich die weiteren Räume: Es gibt eine kleine Küche und Betten, sonst nichts.

Auf einmal höre ich aus der Ferne das Bellen von Hunden und einige laute Pfeifen. Was machen wir jetzt? Noch haben wir Zeit wieder zu verschwinden denke ich. Schnell will ich zu den anderen laufen, als ich über eine leichte Erhöhung am Boden stolpere.

Die beiden anderen kommen sofort angelaufen und helfen mir hoch.

Sarah kommentiert, „es schein, als hättest du eine Falltür entdeckt."

Ich schaue zurück, tatsächlich. Sie ist nicht komplett verschlossen. Zwei runde Löcher im Boden stellen den Türgriff dar.

Als Florian sie öffnet, kommentiere ich, „hört ihr die Hunde und Pfeifen eigentlich nicht? Vielleicht können wir uns darin verstecken."

Florian schaut mich erschrocken an und flüstert, „Nachtjagd."

Sarah ergänzt, „das bedeutet, dass wahrscheinlich angetrunkene Jäger mit Flinten und Jagdhunden auf dem Weg hierher sind. Und ja, das höre ich jetzt auch."

„Steffen, komm mit, wir holen Hannah," gibt Florian den Ton an, „Sarah, verstaue das Essen wieder im Kühlschrank. Lass uns hoffen, dass die Hunde draußen im Käfig bleiben und wir im Keller sicher sind."

Sarah nickt, ich eile einfach nur zu Hannah. Florian folgt. Schnell versuchen wir alle Hinweise darauf zu vertuschen, dass wir hier sind. Florian und ich tragen Hannah vorsichtig die enge und recht steile, knatschende Holztreppe unterhalb der Falltür herunter. Sarah folgt unmittelbar und schafft es dabei, die Falltür zu schließen.

Hannah legen wir ab. Wir drei setzen uns auf den kühlen Betonboden. Hier unten ist es stockfinster. Das einzige Licht kommt durch Ritze in der Holzdecke herein.

„Verdammt," kommentiert Sarah, „ich habe das Licht angelassen."

Sie will gerade aufstehen, als jemand die Tür aufschlägt. Laut redend und hörbar zumindest angetrunken kommen drei, vielleicht vier Jäger herein. Kein Wort über das Licht, sondern nur über die Jagd, über Autos und Frauen, manchmal auch über Familie.

Wir sitzen, nein liegen jetzt einfach nur hier unten auf dem Betonfußboden und hoffen, dass alles gut geht. Die Holzdielen über uns knatschen jetzt scheinbar lauter als zuvor. Zumindest nehme ich es dramatischer wahr. Schattengestalten bewegen sich oben.

Mit jeder Bewegung über uns zucke ich zusammen. Ohne einen Ton von uns zu geben oder auch nur zu laut zu atmen versuchen wir, unentdeckt zu bleiben.

Nach kurzer Zeit scheinen auch die Jäger ins Bett zu gehen. Nach einigen Stunden voller Anspannung schlafe auch ich schließlich ein. Lang und ruhig hält der Schlaf allerdings nicht an.

Wie das Sonnenlicht am nächsten Morgen diesen dunklen und nasskalten Kellerraum aufhellt hat fast schon etwas Romantisches. Durch schmale Seitenfenster sowie die Spalten der Holzdiele über uns hindurch dringt das Licht ganz schüchtern hinein. Wenn nicht diese ganze verrückte Situation vorgefallen wäre, wenn wir nicht auf der Flucht wären und Hannah bei Bewusstsein wäre, wäre alles noch viel schöner.

Die Jäger oben sind auch schon wieder zum Frühstück aufgestanden und bereiten sich scheinbar auf eine Hetzjagd vor.

Ob das gut für uns ist weiß ich nicht, ich bin mir aber sicher, dass ich schnell aus diesem Drecksloch raus will. Am liebsten würde ich einen Krankenwagen rufen, damit sich jemand besser um mein Herz kümmert, sich um meine Hannah kümmert, aber das würde uns alle in Gefahr bringen. Diese Gefahr könnte ein schreckliches Ausmaß haben, welches mir noch nicht komplett bewusst ist.

Nach einiger Zeit rücken die Jäger aus. Florian und Sarah signalisieren, dass sie hochgehen. Ich bleibe mit Hannah zunächst noch einmal hier unten, halte ihre Hand und hoffe, dass sie schnell wieder aufsteht, aufwacht, als sei nichts gewesen.

Etwas später kommt Florian zurück und wir schaffen Hannah gemeinsam raus.

Er kommentiert, „wir haben den Schlüssel von einigen Autos gefunden. Die Fahrzeuge müssen wir jetzt nur noch finden und dann ganz schnell weg."

Draußen erobert eine frische Luft die Atemwege. Man kann die Natur hier wirklich riechen und genießen. Vielleicht kommt es mir auf Grund des krassen Kontrasts zur staubigen Kellerluft auch nur so vor. Im Keller roch es staubig und alt, nicht so frisch und frei wie hier am Morgen.

Die Sonne scheint bereits über erste Baumkronen hervor. Der Boden ist überdeckt mit Morgentau. In der Ferne hören wir Schüsse und Hunde bellen. Wir entscheiden uns, nicht in die Richtung zu gehen, sondern ganz weit weg von Gewalt und Gefahr.

So beeilen wir uns so gut es geht, unweit von einem Waldweg aber parallel hierzu quer durch den Wald zu marschieren. Auf diese Weise hoffen wir, eine Straße, einen Parkplatz und Autos zu finden, damit wir hier wegkommen.

Natürlich ist der Boden uneben. Auf Grund des Schlafmangels und des Stresses, der Angst knicke ich hier und da ein, kann mich aber am Laufen halten. Mit zunehmender Zeit wird die Liege auf der Hannah liegt allerdings auch schwerer. Alles kommt zusammen, an Tagen wie diesen.

Hin und wieder erkenne ich Rehe, Hasen und Eichhörnchen in der Nähe. Sie sind ganz friedlich, folgen ihrem alltäglichen Leben. Diese Glückspilze ahnen nichts von dem Chaos, welches der deutschen Bevölkerung und vielleicht sogar ihnen zu drohen scheint.

Nach etwa einer viertel Stunde erreichen wir tatsächlich eine Straße. Wir folgen ihr mit etwas Distanz, bis wir sogar einen Parkplatz finden. Auf dem Parkplatz stehen verschiedene Autos. Sarah läuft vor, in Richtung eines SUV mit Ladefläche hinten und versucht die gefundenen Schlüssel aus. Einige Male sehen wir es bei anderen Autos aufblinken, aber irgendwie müssen wir ja Hannah sicher transportieren. Der SUV scheint der einzige Wagen zu sein, in dem Hannah liegen bleiben kann.

Kurz bevor Florian und ich bei Sarah ankommen, schafft es Sarah, auch den SUV aufzuschließen. Hannah legen wir auf die Ladefläche. Ich lege mich neben ihr und halte ihre Hand.

In der Ferne erkenne ich, wie Florian die Reifen der anderen Wagen aufschlitzt, während Sarah mit einer dunklen Plastikplane ankommt, welche sie über uns legt. Kurz darauf fahren wir ab.

Mir ist egal wohin, Hauptsache weit weg von hier. Ich vertraue den beiden da voll und ganz.

Das Land verlassen

Selbst wenn sie versuchen, vorsichtig zu fahren, gerade zu Beginn ist die Fahrt noch sehr holprig. Ich mache mir Sorgen um Hannah, versuche, sie zu sichern. Ihr darf nichts passieren. Sie soll aufwachen und gesund sein.

In dieser unerwartet angestrengten Position erinnere ich mich wieder an das Tape, welches ich vor wenigen Wochen gehört habe. Ich erinnere mich an die Worte des Mediums. Ich habe eine Wahl zu treffen: Fliehen oder Kämpfen.

Um ehrlich zu sein dachte ich, diese Entscheidung bereits getroffen zu haben. Ich habe mich den Herausforderungen gestellt. Gekämpft habe ich aber nicht wirklich. Ich wurde entführt und geschult, vorbereitet, aber sonst nichts. Wo ist der Ausweg, den mir die mysteriöse Person weisen sollte? Was sind das jetzt für Zeichen? Hannah hat mich definitiv gefunden. Die Zeiten ändern sich jetzt drastisch. Jetzt mache ich nichts mehr mit Buchhaltung, sondern kämpfe ums Überleben.

Was ist aber, wenn ich jetzt vor der Wahl stünde? Ich meine, da war die Rakete, die in das Gebäude eingeschlagen ist, der Absturz des Helikopters und die ständige Angst entdeckt zu werden. Will ich so leben? Oder sollte ich nicht doch besser fliehen? Hannah hat

Familie in Marokko. Vielleicht sind wir da ja in Sicherheit. Die Flucht scheint mir plötzlich doch eine angemessene Lösung zu sein, aber will ich ständig in Angst leben? Ist es wirklich so besser, ständig mit der Angst leben zu müssen, als für das einzustehen was das Leben lebenswert macht? Wenn wir ehrlich sind, dieser Kampf könnte mein Leben beenden. Außerdem, in welche Situation hat der Kampf Hannah schon jetzt gebracht?

Nach einer gefühlten Ewigkeit und noch immer ohne Anzeichen des Erwachens von Hannah, halten wir plötzlich abrupt an. Ich versuche, ruhig zu bleiben, keinen Ton von mir zu geben.

Plötzlich kommt Licht von hinten in den Schatten der Abdeckplane. Ich bin geschockt, verharre, kann mich nicht bewegen. Haben sie uns?

Eine andere Person kriecht auf die andere Seite von Hannah.

Durch einige kleine Luftlöcher in der Plane dringt etwas Licht in die vertraute Dunkelheit. Hierdurch erkenne ich eine männliche Gestalt mit Ruß auf der Stirn und Platzwunden. Er wirkt nervös, ängstlich, passt also gut in die allgemeine Stimmungslage.

„Wer sind Sie?" Flüstere ich, als wir wieder losfahren.

„Oh hi," stottert der neue Passagier, „Ich bin Pfeiffer, der Michael."

„Agent Michael Pfeiffer?" Hake ich nach. „Wir haben die letzten Tage Ihren Einsatz mitverfolgt. Was machen Sie hier?"

„Mitverfolgt, meinen Einsatz? Naja egal, ich habe andere Probleme jetzt. Ich war auf dem Weg nach Israel," antwortet er, „mit einer kleinen Maschine, als die Piloten auf einmal schon in Tschechien landeten. Sie hätten vergessen zu tanken meinten sie. Dann habe ich ein Telefonat mitgehört. Ich sollte entführt werden. Also habe ich nach einer Lösung gesucht, einen Fallschirm und Sprengsätze gefunden. Ich habe keine Ahnung wieso die dort C4 hatten, vielleicht wollten sie mir die Schuld für ein Attentat in die Schuhe schieben oder so. Egal, ich habe mir eine Tür aufgesprengt und bin mit dem Fallschirm rausgesprungen. Seit dem laufe ich, verstecke ich mich. Wie schon seit einer Ewigkeit, seit ich in Frankfurt (Oder) aufgewacht bin. Ich habe mich gewehrt, gekämpft, ohne Erfolg wie es scheint. Je mehr ich Kämpfe, desto mächtiger wird der Gegner. Vielleicht wurde ich auch von meinem eigenen Team verkauft. Ich weiß es nicht. Ich kann nicht mehr."

Diesen letzten Teil wiederholt er mehrmals vor sich hin, „ich kann nicht mehr, was kommt bloß noch, ich kann nicht mehr."

Verzweiflung übernimmt die Ladefläche. Ob wir wohl bereits in Tschechien sind? Wenn dann wurden die Grenzen noch nicht abgesichert. Das wäre doch mal eine gute Nachricht, aber sind wir bereits im Ausland?

Insgesamt fahren wir für eine gefühlte Ewigkeit. Zwischendurch tanken wir mal, aber ansonsten fahren irgendwohin, wohin auch immer.

Pfeiffer ist inzwischen eingeschlafen, als wir scheinbar endgültig anhalten. Zumindest gehe ich davon aus, dass wir Pfeiffer vertrauen können.

Sarah ruft, „ok schnell, wir müssen raus. An der Tanke habe ich gesehen, dass es inzwischen einen internationalen Haftbefehl für uns gibt, wegen des Angriffs auf die Staatssicherheit und wegen Terrorverdachts. Wir sind hier bei einem alten Bekannten von mir, einem Freund der Familie. Hier können wir erst einmal abtauchen."

Ich ziehe die Plane langsam zur Seite und frage, „und was ist mit dem Auto? Das ist inzwischen bestimmt als gestohlen gemeldet. Darüber können die uns finden."

„Stimmt", bestätigt Pfeiffer, „DNA, alle Beweise müssen wir vernichten. Brennen muss das Auto, brennen oder versenken."

„Ich werde mich darum kümmern," bestätigt ein Mann mit einem starken osteuropäischen Akzent. Er wird um die 60 Jahre alt sein und setzt fort, „du gibst mir Schlüssel, ich vernichte Auto, Beweise, alles weg. Ihr versteckt in Haus. Ich komme wieder."

Erneut sind wir an einem Haus angekommen, welches von Feldern, Pflanzen und Wald umgeben ist, fernab von der Zivilisation. Alles was es hier gibt sind die Natur und Berge. Ja, wir sind in einer gebirgigen Region.

Vorsichtig tragen Florian und ich Hannah in das recht große Bauernhaus, während der Bekannte von Sarah mit dem Auto wegfährt.

„Vertraust du ihm wirklich?" Fragt Pfeiffer Sarah.

„Er hat mich großgezogen," erklärt Sarah, „er hat mich über die Gefahren des Rechtsextremismus und Sozialismus aufgeklärt. Joseph hat in jungen Jahren selbst noch miterlebt, welche Konsequenzen der Sozialismus mit sich bringt-. Für das System seien die Menschen zu machtgierig und oft auch zu faul. Er ist nicht mein leiblicher Vater, aber ein sehr guter Freund der Familie. Ja, ich vertraue ihm vollkommen."

So gehen wir in der Hoffnung ins Haus, uns entspannen zu können. Viel Technologie gibt es hier nicht, lediglich einen analogen Röhrenfernseher und ein Telefon mit Wählscheibe. Es wirkt, als wäre die Zeit hier stehengeblieben.

„Sarah, bist du das?" Höre ich auf einmal eine Frau fragen und den Raum betreten. Ihr Akzent ist ein wenig schwächer als der von Joseph. „Wir haben uns ja lange nicht gesehen. Was machst du hier? Und wer sind denn deine Freunde?"

„Svetlana," erklärt Sarah, „es freut mich dich wiederzusehen. Aber ich muss dich warnen, es geht wieder los."

Angst übernimmt sichtbar den Blick von Svetlana.

„Das Regime?" fragt sie nach Details, „Die Sozialisten?"

„Ja," bestätigt Sarah, „die übernehmen wieder die Macht, dieses Mal aus Deutschland heraus. Meine Freunde sind Agenten, wie ich. Wir müssen erst einmal untertauchen."

„Davon habe ich ja gar nichts mitbekommen," führt Svetlana aus, „ist aber auch kein Wunder, schließlich haben wir ja auch keine Technik. Sonst hätten die uns abgehört und sicherlich schon eingesperrt oder gefoltert, wie damals, vor der Wende."

Sie dreht sich in Richtung Hannah und fragt, „was ist mit ihr passiert?"

„Wir waren in einem Helikopter, der abgestürzt ist," klärt Sarah sie auf, „wir wissen nicht, was mit ihr los ist. Seit dem Absturz ist sie bewusstlos."

„Dann lass sie uns ins Bett tragen. Die Hölzer und Planen müssen doch unangenehm sein," bietet Svetlana uns an, „kommt, folgt mir."

Und so folgen wir ihr mit Hannah auf der Liege. Vorsichtig legen wir Hannah auf dem weichen und sauberen Bett ab.

„Was jetzt?" frage ich nach, „wie gehen wir vor? Was machen wir bloß?"

„Erst mal abtauchen," kommentiert Sarah.

„Genau, wir kennen weder das Ausmaß, noch haben wir einen Plan. Wir sind einfach nur vier verwirrte Agenten und eine die nicht mehr aufwacht," unterstützt sie Pfeiffer, „aber nicht hier, wir sind im Sozialisten Land. Über Jahre hinweg wurde das Elend, welches das System gebracht hatte, vergessen, teilweise sogar schöngeredet. Jetzt ist es schließlich wieder soweit: Der Mensch muss die Erfahrungen erneut machen. Er muss wieder leiden, daraus lernen und es besser machen. Noch nicht einmal Lehren aus Venezuela oder Kuba werden hier angenommen. Der Mensch denkt immer, wir machen es schlauer als die anderen. Er glaubt immer richtig zu liegen. Vielleicht liege ich auch falsch, ich weiß es nicht. China hat es klug gemacht. Als es ihnen schlecht ging, haben sie sich Schrittweise immer mehr dem Kapitalismus geöffnet und nicht wie in Venezuela auf nicht funktionierende Systeme verharrt, weil Regierende ehemalige Busfahrer nicht einsehen wollen, dass der Versuch gescheitert ist. Im Endeffekt ist es doch so, die meisten Menschen geben nicht zu, falsch gelegen zu haben. Menschen, die an der Macht sind, geben diese nicht auf. Das war immer so, und wird immer so bleiben. Es ist nur eine Frage der Zeit bis es auch hier wieder los geht, bis sie uns finden."

„Ok, ok," unterbricht ihn Florian, „wir verstehen deinen Ansatz, aber zunächst einmal müssen wir uns um Hannah kümmern. Ihr muss es wieder besser gehen."

„Genau," stimme ich nervös zu, „erst mal Hannah, dann woanders."

„Ihr könnt bleiben solange wie ihr wollt," bietet Svetlana an, „Unser kleiner Hof wirft genug Nahrung für uns alle ab. Ich kann auch den Arzt aus dem Nachbarort rufen."

„Nein," lehnt Sarah hastig ab, „in ein Krankenhaus können wir nicht und wir wissen nicht, wem wir vertrauen können."

„Aber ihr seid doch hier," sagt Svetlana.

„Ja schon," erklärt sich Sarah, „aber ihr zwei seid die einzigen denen ich traue, abgesehen von meinem Team natürlich."

Und so bleiben wir einige Tage auf dem Hof. Joseph hat den Wagen wohl in einem naheliegenden See versenkt. Svetlana war früher Krankenschwester, habe ich mitbekommen, und konnte anonym Transfusionen besorgen, um meine Hannah mit ausreichend Nährstoffen zu versorgen. Hoffentlich wird sie das nicht auf Dauer benötigen. Irgendwann würde es auffallen.

Wir genießen die Entspannung. Lediglich über die Nachrichten im Fernsehen können wir deuten, was in der Welt passiert. Joseph und Svetlana müssen übersetzen, weil die meisten Programme auf Tschechisch laufen.

An einem Tag finde ich auch Pfeiffer weinend im Wald. Ihn plagt eine Unsicherheit. Er erinnert sich immer sicherer an das, was vor seiner Entführung passiert ist. Er vermisst seine Familie entsprechend immer mehr, die Familie, die in Israel ist. Außerdem macht er sich auch wohl sorgen um eine Freundin oder Kollegin. Abla heißt sie.

In den Nächten schlafe ich neben Hannah im Bett. Jede Nacht hoffe und bete ich dafür, dass sie bald wieder aufwacht. Ja, Angst und Verzweiflung haben in mir den Glauben wieder geweckt. Vielleicht nicht komplett, aber neben all dem Grauen will ich halt hoffen, dass es etwas Gutes für gute Leute nach dem Tod gibt.

Eines Nachts spüre ich im Halbschlaf auf einmal, wie jemand meine Hand drückt. Ist das Hannah? Wacht sie auf?

Schnell schalte ich ein Licht direkt neben dem Bett ein. Hannah öffnet ihre Augen vorsichtig und flüstert einfach nur meinen Namen, „Steffen."

Hastig drehe ich mich zu ihr und streiche über ihre Wange. „Hannah, da bist du ja wieder. Wie fühlst du dich?"

„Schwach," klärt sie mich auf, „schwach, aber gut."

Sanft gebe ich ihr einen Kuss auf die Lippen und frage: „Willst du etwas essen oder trinken?"

Hannah lächelt und flüstert sichtbar schwach, „Wasser."

„Warte kurz," fordere ich sie auf und verlasse den Raum.

Ich klopfe bei Joseph und Svetlana an. Joseph sagt im Halbschlaf mürrisch, „ja?"

„Hannah ist wach," erkläre ich, „kann ich ihr Wasser geben?"

Svetlana bestätigt, „ja, aber nur vorsichtig. Ich komme gleich."

Und so pflegen wir Hannah langsam wieder zu Kräften. Natürlich erklären wir ihr auch, wie dir bei Svetlana und Joseph angekommen sind. Schon bald trainiert das gesamte Team wieder zusammen, um fit zu bleiben.

Über das tschechische Fernsehen bekommen wir mit, dass sich die Lage in Deutschland langsam wieder normalisiert, zumindest von den Auseinandersetzungen. Politisch ist es ein anderes Thema.

Ansonsten hören wir von drüben, dass immer mehr Unternehmen zwangsverstaatlicht werden. Es fängt an mit informationssammelnden Gesellschaften, dann auch Medienunternehmen. Es wird wohl langsam ein Staatsfernsehen eingeführt, in dem der neue Kanzler Reinhold für seine Zwecke propagiert. Vergleiche und Bedenken bezüglich der Entwicklung von Venezuela, welches von einem der reichsten zum ärmsten Land der Welt gewirtschaftet wurde, werden natürlich abgewiesen. Deutschland werde es besser machen. Ich vermute, dass hatten sich die Venezolaner auch gedacht. Es sollen sogar negativ verzinste Kleinkredite für Sozialhilfefälle geben, um Macht weg von Banken und hin zur Bevölkerung zu geben. Auf jeden Fall werden so auch Wählerstimmen gekauft.

In anderen Staaten der EU scheint sich zeitgleich ein ähnlicher Wandel zu vollziehen, nur anstatt zum Linkssozialismus geht die Reise in Italien und Frankreich wohl eher in Richtung Rechtssozialismus. Tschechien verhält sich für mich überraschenderweise noch relativ neutral. Zu nah könnten die Erfahrungen aus Zeiten des Sozialismus noch sein. Wie aber sollen wir die Wellen in den kritischen Staaten Europas umlenken? Haben wir überhaupt die Macht dazu? Gibt es eine Chance der Rettung?

An einem Abend kommt Joseph auf einmal erschrocken ins Haus, wo Hannah und ich gerade etwas kochen.

„Sie kommen, sie kommen," sagt er, „Männer mit Uniform und Wums."

„Wums, was ist Wums?" hake ich nach.

„Gewehre, Waffen," fährt er aus.

Verdammt, genau jetzt wo wir uns gerade mal sicher fühlen muss so etwas natürlich wieder passieren.

Die anderen Team-Mitglieder sind zum Trainieren in der Natur der Umgebung. Waffen haben wir nicht.

Sarah greift meine Hand und sagt, „danke Joseph, wir müssen uns verstecken. Sage Svetlana Bescheid, sie soll kochen."

So zieht sie mich mit in den Keller, in eine dunkle Ecke. Über ein Lüftungsrohr bekommen wir mit, was oben besprochen wird. Sie sprechen nicht auf Tschechisch, sondern in einem stark gebrochenen Deutsch.

„Wir sind auf der Suche nach diesem Mann," ertönt eine männliche Stimme.

„Wir nicht gesehen," Antwortet Joseph.

„Er soll mit diesen Personen unterwegs sein," hakt der Befrager nach.

„Ich nie gesehen," antwortet Joseph.

„Jetzt lügen Sie mich nicht an," wird die Befragung fortgesetzt, „wir haben auf Satellitenbilder gesehen, dass sie hier sind."

Eine andere, weibliche Stimme mit ebenso gebrochenem Deutsch setzt fort, „Genau, wir haben gesehen, Leute hier. Wir sind gut, möchten Michael zu Familie bringen."

Stille setzt ein.

Nach kurzer Zeit sagt Svetlana, „wer Michael? Ich Svetlana, das Joseph, kein Michael."

Da hat sich Svetlana aber mal einen Akzent ausgedacht.

„Hören sie," erklärt die weibliche Stimme, „wir keine Zeit haben. Wir wissen, dass die hier sind oder waren. Wir wollen Michael und Freunde in Sicherheit bringen. Wir aus Israel. Wir Freunde von Michael."

„Michael nicht hier," antwortet Joseph, „aber bald wieder, Michael draußen trainieren mit Freuden, Sport."

Hannah schaut mir tief in die Augen. Wir nicken und gehen hoch, auch wenn ich ein mulmiges Gefühl im Bauch habe.

So hat sich herausgestellt, dass die bewaffneten Männer vom Mossad, dem israelischen Geheimdienst sind. Sie sollten Pfeiffer finden und zu seiner Familie nach Israel bringen. Sie haben wohl seine gesamte Flucht auf Satellitenbildern nachvollzogen. Auf diese Weise haben sie uns alle, eingeladen, mitzukommen. Nur Joseph und Svetlana bleiben zu Hause. ‚Alte Bäume verpflanzt man nicht,' meinen die beiden. Uns andere bringen die Agenten in LKWs und Booten relativ sicher nach Tel Aviv.

Anhang

Personen

Folgende Personen sind wichtiger Bestandteil der Erzählung.

Name	Funktion	Position
Florian	Neue Vertrauensperson	BfV Agent
General Gustav von Hohenschmälern	Ausbilder / General einer Geheimfront gegen das Regime	Leiter Ausbildungs-Camp
Hakki	Neue Vertrauensperson	BfV Agent
Hannah	Flirt und Liebe	Krankenschwester / BfV Agentin
Johannes	Freund von früher	
Joseph	Erzieher und Vertrauensperson Sarah	Gastgeber in Zeiten der Not
Leutnant Kowalski	Ausbilder / Leutnant einer Geheimfront gegen das Regime	Ausbilder Ausbildungscamp
Martin	Freund von früher	
Michael Pfeiffer	Neue Vertrauensperson	BfV Agent Ambitionen zu Europol
Peter	Freund von früher	

Schmitts Intermezzo

Name	Funktion	Position
Sarah	Neue Vertrau-ensperson	BfV Agent
Steffen Schmitt	Ich-Erzähler & Protagonist	Ursprüng-lich Buchhalter
Sventlana	Erzieherin und Vertrauensperson Sarah	Gastgeber in Zeiten der Not

Anhang

Über den Autor

Simon Sprock ist ein ambitionierter freiberuflicher Unternehmensberater, Krebsbesieger und leidenschaftlicher Autor. Über viele Jahre trainiert er seine Fähigkeiten in den Bereichen Finanzen & Controlling, Strategie sowie dem Schreiben entwickelt. Im Oktober 2018 wurde sein autobiographischer Roman „#Krebspatient" vom Verlag tredition zum Buch des Monats gekürt.

Simon liebt es, Geschichten zu erzählen, mit denen er über Emotionen und Inspiration Tugenden wie Positivismus und Motivation verbreiten kann. Sein Ziel ist es, ein Licht in den Köpfen seiner Leser zu entflammen, sie zu inspirieren und zu neuen Kräften zu motivieren.

Nach jahrelanger Arbeit in der Berliner Startup-Szene, findet er sich plötzlich in einem Kampf gegen den Krebs wieder. Am Anfang war dies ein schwerer Schlag mit schlechten Prognosen, aber mit dem Glauben an sich und dem Können der Ärzte hat er es geschafft. Seitdem nimmt er sein Leben noch mehr selbst in die Hand und realisiert zunehmend seine Träume.

Neben dem Schreiben und der Unternehmensberatung entwickelt Simon unter „Sprock Ventures" auch Projekte wie simonsprock.com, coachiendo.com und falamoda.com

(Berlin, 04.01.2020, für Updates schaue auch auf http://www.simonsprock.com)

Weitere Werke von Simon Sprock:

Bereits erschienen:
> "Stop drifting, be alive" (2017), Abenteuer
> „Europa, auferstanden aus Ruinen" (2017), Science-Fiction
> „Lass uns Weihnachten retten" (2017), Kinderbuch
> „#Krebspatient" (2018), Ratgeber und Erfahrungsbericht

- Bücher aus der Reihe „Rote Fahnen im Wind":
> Buch 1: „Agent Pfeiffer und die Klassenfeinde"
> Buch 2: „Agent Pfeiffer als goldener Reiter"
> Buch 4: „Schmitt und Team gegen das Regime"

Weitere neue Werke, sowie auch Sachbücher sind aktuell in Bearbeitung.

Zeitfracht Medien GmbH
Ferdinand-Jühlke-Straße 7
99095 Erfurt, Deutschland
produktsicherheit@kolibri360.de